セルフィの死

death of selfie

本谷有希子

新潮社

セルフィの死

(4930)

地下鉄の改札を出て構内図を確認し、出口1から地上に出ようとすると、アスファルトに反射した午後の陽光が目に突き刺さった。慌ててバッグの底をまさぐり、フリマアプリで落としたGUCCIのサングラスで顔半分を覆う。Googleマップを開いたまま階段を上り切って現在地を確認すると、予想通りどちらが進行方向なのか見当も付かなかった。

目の前のガードレールがやけにきれいなのは、ステッカーや落書きがひとつもないからだ。乃木坂にあるお洒落なカフェでパンケーキを食べてみたいと誘ってきたのはソラだけど、原宿や渋谷にはない落ち着いた大人の街の空気に、早くも私は強烈な疎外感を覚え始めている。私は今日初めて日本に来た異国人。という設定で、車通りの少ない三車線道路、右側の歩道にかかっている陸橋、と現在地の手掛かりになりそうなものに視線を移してみたが、ますます方向感覚が失われていくだけだった。待ち合わせの時間が迫っていることに焦った私はスマホと景色を見比べたのち、確信のないまま地上出口を背に左へと歩き始めた。

十メートルほど進んで、現在地を示す青丸が目的地へと近づいていることを確認する。しかし更に十メートル進んだところで、何故か青丸が今度は目的地から遠ざかり始めていることに気づいた私は、ふ、と笑みを漏らし、何事もなかったかのように元来た道を戻り始めた。Google マップは常に私を欺き続ける。Google マップは常に私がどこにも辿り着かないように陰謀を企て続ける。アプリを再インストールすればこの不具合が解消するかもしれないことは知っているが、それこそが実は Google の真の狙いで、再インストールによって更に悪質な機能がアップデートされるかもしれない。そんな可能性がある以上、私はこのバグった地図で目的地を目指すしかない。

Google を攪乱《かくらん》するため、あえて違う道を選ぶように見せかけて、でもやっぱり選ばなーい、選ぶ選ぶ選ぶ選ばなーい、と頭の中でフェイントをかけながら急いでいると、歩行者用信号が赤になった。

舌打ちして立ち止まり、マップを確認するついでに自分のフォロワー数をチェックする。朝、出掛けに家で見た時から数字は全く変わっていない。腕を覆っているアームカバーのモヘア地がちくちくと肌に突き刺さるのが不快で、衝動的に腕を掻《か》き毟《むし》りたくなる。この世は不快な場所だ。この世は不愉快な場所だ。指で入念に叩き込んだ目元のコンシーラーが汗で流れないようにと、なるべく日陰を選んで進むうち、白い日傘をさした和装の中年女性とすれ違い、ああ、そういえば近くに大きな霊園があるんだったな、と思い出した。高い建物がない広々とした空にカラスが二羽飛んでいる。あの辺がどうせ墓地だろう。そう思いながらふと辺りを見ると、住宅街に迷い込んでいた。

慌てて経路を再検索した私は、つい今しがたまでこの近くを指し示していた目的地の赤丸が、ここから八分離れた場所に移動するというイリュージョンを目の当たりにし、慄《おのの》かずにいられなかった。どうして私はあらゆることが全て自分を貶《おとし》めるための策略、という妄想から逃れることができないのだろう。スマホが震え、何かとても邪悪なものを受信した想像を膨らませながら画面を確認すると、ソラからのメッセージだった。

〈遅刻します！〉

私はまだ慄いている親指を即座に動かして、〈じゃあこっちにしよ。かわいい店発見。〉と現在地から一番近いと出ているケーキ屋の場所を共有した。

洋菓子舗Tanakaは老舗の隠れた名店だった。磨かれた大きな窓ガラスの向こうにはケーキ、シュークリーム、マカロンなどが品よく並んでいる。小さな看板を通り過ぎ、奥に伸びる思わせぶりな石畳を踏んでドアベルのついたレトロな作りの扉を押すと、コーヒーと甘いクリームが混ざり合った匂いが鼻先に漂って、思わず大きく顔が歪《ゆが》んだ。生まれつき甘いものが嫌いな私にとって、洋菓子店は本来、動物園にある野鳥ゾーンと同じくらいこの世に不必要な場所だ。入り口で不快さを露わにして立ち止まっている私を不審に思ったのか、奥に立っていたウェイトレスが怪訝《けげん》そうにこちらに目を向けた。黒いワンピースの縁に小さなフリルのついた、クラシカルな給仕服に身を包んだ小柄なウェイトレス。一見少女のようでありながら私の母親ほどの世代のそのウェイトレスを見た瞬間、私は彼女が邪悪な存在であることを感じ取る。真っ白なエプロンやフリルに身を包んだ彼女が、筋張った手や血管の浮き出た首筋を露悪的に見せつけているのは、私のような若い女の潜在意識に老化という現象の残酷さを植え付けようとしているからだ。ウェイトレスがまだこちらを窺っているので、私は左側に設置されたショーケースの中を眺めるふりをした。紫芋のタルト。和栗のモンブラン。パンプキンパイ。女は栗が好きだろう、芋さえ食っとけばいいんだろう。そう言われているような気がして恥ずかしくなり、すぐにケースから目を背《そむ》ける。絨毯敷の喫茶スペースの方へと足を進めようとすると、

「お客様、大変申し訳ございません。ただいま満席となっております」

とあの邪悪なウェイトレスが、邪悪な声帯を震わせて声をかけてきた。

サングラスを外して見回すと、背後の壁際のベンチに熟年夫婦がメニューを広げて座っている。近くで見たウェイトレスの目が想像以上に笑っていないことに驚いた私は、

「満席なんですか？」

と聞き返した。昔ダンスでもしていたのか背筋をやけにぴんと伸ばしたウェイトレスは口角だけをクイッと持ち上げた。

「順番にお呼び致しますので、よろしければそちらの用紙にご記入してお待ち下さい」

「今ちょっと腕を痛めてて、ペンが持てないんですけど」

木製の台を指した所作がなんとなく気に食わないという理由で、私はすかさずそう言い返した。すぐに店員にマウントを取ろうとするのは、私の悪い癖だ。こんな母親みたいな女性が丁重に接

客してくれているのに、口角の下がり方や法令線の感じが傲慢だという理由で食ってかかるなんて。何様のつもりだと反省した私は「それ、記入ハラスメントですよね？」と返しかけていた言葉を飲み込み、彼女を見つめ直した。ウェイトレスは接客業に従事する人間とは思えない険しい顔つきのまま、アームカバーに包まれた私の手首に鋭い眼光を注いでいる。店員のくせに客の言葉を疑っているのだ。何様のつもりだ。腹が立って彼女の顔を見ると、鼻根の膨らみ方までもが傲慢だった。

よろしければ代わりにお書きしましょうか。そう言うウェイトレスの申し出を「頑張れば大丈夫なんで自分で書きます」と断って、私は木製の台に近づき、ボールペンを握りしめた。後ろのベンチに座る熟年夫婦からの視線を感じる。ヘニャヘニャの筆跡で、子供のころ辞書で調べて必死に覚えた日本でいちばん読みにくい苗字、「勘解由小路」と偽名を記入してからベンチに座った。モヘアの毛先が痒くて堪らない。壁に後頭部をつけて目を瞑《つむ》ると、冷気がスカートから出ている太腿をひんやりと撫でた。店内のざわめきと薄く流れているクラシックの曲調に誘われて、つい眠気に襲われそうになるが、寝れば間違いなく店員が私の順番を飛ばすに決まっているので眠るわけにはいかない。

私がこういう場面で偽名を記入するのは、名前を読めずに困っている店員を見ると元気が出るからだ。私には若者らしい潑剌《はつらつ》さというものが常に不足しているけれど、それは私という人間が絵に描いたように平面的な世界にしか生きていないからだ。店員に横柄にすると世界が少しだけモリッとする。世界をモリッとさせたくて私は店員を目の敵にするけれど、時々、貴重な時間のほとんどが店員との不毛なマウントの取り合いに費やされているだけのような気がして鬱になる。私のやっていることはただの迷惑行為なのだろうか？　社会にとって私の生は迷惑でしかないのだろうか？　でも私はマウントを取ったり迷惑をかけたりすることでしか他者の存在を確かめることができない。そして私は常々思う。この世には取らなくていいマウントが多すぎる。この世にはしょうもない店員が多すぎる。彼らからしょうもないマウントを取るために、私は今日も私の生を無駄にする。しょうもないマウントを取ると自分がしょうもない人間にしか思えなくなるけれど、しょうもなくない人間はそもそも私とマウントの取り合いなどしない。しょうもなくない世界に行きたい。しょうもなくない人間になりたい。そう思いながら私は日々、しょうもない店員としょうもないマウントを取り合うことでなんとか自分を保っているだけの、しょうもなさだけでできている女だ。

「次でお待ちのお客様ー」

十分ほどで前の夫婦が案内され、そろそろ呼ばれるなと薄目を開けて窺っていると、帳面を確認したウェイトレスは思った通り、戸惑いの表情を浮かべながら顔を上げた。

「かでのこうじですけど」

颯爽と立ち上がり、小柄なウェイトレスとの身長差を強調するように目の前へ歩いて行く。視線と視線がぶつかり、激しく火花が散るのを期待したが、メニューを小脇に抱えたウェイトレスに「お席にご案内します」と背を向けられた私は肩透かしを食らったような気分だった。酷く侮辱された気持ちで、プライドの高そうな歩き方をする店員の後に続く。沈み込むような絨毯を踏み締めていると、「あ、いたぁ！」と背後から聞き覚えのある声がしてウェイトレスが足を止めた。

「あれ、てか、もしかしてタイミング良かった？」

二十分は遅刻したというのに急いだ様子も特になく、ソラは「やった！」と無邪気に喜んだ。その場違いな声量に、ティーカップをソーサーに置こうとしていた白髪の婦人の手が止まる。怪訝そうな表情になったのは私達を双子と見間違い、でもそうではない事実に気付いたからだろう。何から何まで同じ格好をしている私達の姿が、奇異に映ったに違いなかった。

私とソラは精神的双子だ。服装だけでなく顔立ちや体つきもそっくり同じならよかったが、残念ながらソラの方が二割美形だし手足も長い。両親も誕生日も年齢も違うのに、私達はＤＮＡの支配を断ち切って双子になれた。今日の衣装は一緒にZARAで買ったベージュっぽいモヘアのノースリーブワンピースに、厚底の黒ブーツ。腕にはワンピースと同じ素材のアームカバーをつけている。ノースリーブを着ておきながらこうしてわざわざアームカバーで腕を覆うのは、ファッションが自分達を表現する手段だと考えているからだ。自律神経が失調しているような、季節感の狂ったようなこの格好をすることで、私達はこれが可愛くて堪らないし、そんな可愛くて堪らない格好をした可愛くて堪らない自分達を誰かに見てほしい！　という思いを全身で表現している。

二人揃った私達を見たウェイトレスは一瞬表情を変えたものの、すぐに「店内のお席とテラス席がありますが、ご希望はございますか？」と尋ねた。そう言えばさっきの記入用紙で「どちらでも」に丸をつけたような気がするなと見ると、待たされていたベンチの死角に自動ドアがあった。屋外スペースに何卓かのテーブルが出ている。

「テラス席で」

二人で即答すると、店員は先導して歩き出した。

「えー。なにこの店。めっちゃ可愛くない？　不思議の国？　アリスの世界？」

そう言いながらソラは興奮した様子で「可愛いっ」を連発した。ルイス・キャロルのテイストとは明らかに違ったが、洋館の応接間を連想させる壁際の暖炉が象徴的な内装だ。昔から暖炉に対し、寛《くつろ》がなければならないという強迫観念を覚える私はそちらを見ないようにしながらテーブル、絨毯、カーテンと視線を彷徨《さまよ》わせた。「ミクルちゃん。来る途中に調べたけど、ここ、知る人ぞ知る穴場カフェなんだって！」。ゴテゴテと飾りのついた年代物風の調度品で統一されている店内で、優雅にお茶を嗜《たしな》んでいる客はほとんどが年配の男女だった。上品そうな身なりや談笑する声のトーンから時間的にも経済的にも余裕を感じる。自分達とは明らかに異なる客層だ。

ヴォオン。と虫が飛び立つような音を発して自動ドアが開き、その瞬間、店内がどれほど心地よいエアコンの冷気で満たされていたかを思い知る。

日差しでジリジリ焼かれたテラス席は英国風の小さな庭に面しており、見るだけでモヘアに覆われた腕の毛穴から汗がどっと吹き出しそうだった。綺麗に手入れされた生垣とウッドデッキの間には、こぢんまりした芝生と小さな噴水。真っ白なクロスのかけられたテーブルは全部で五卓あり、そのうち日陰にある建物側のテーブル全てが年配女性によって占領されていた。

迷うことなく背景の見栄えが良さそうな芝生に近いテーブルを目指したソラは、椅子に座る直前「どっちがいい？」と私を振り返った。「こないだはミクルちゃんが左側だったよね」

「あ、そうだったね。じゃあいいよ、今日はソラがそっちで」

席を譲ってやると、ソラは嬉しそうに椅子を引いて腰を下ろした。本当は自分もそちら側に座りたいという気持ちを隠しながら、私も笑みを浮かべる。イケてる顔が同じ左サイドである私達は、こうやって常にどちらが左の椅子に座るかを確かめ合う。写真を撮る時はなるべく正面を向くようにするけれど、それでも私は自分の左側から見た顔の方が好きだ。右側は全体的に肉が下に落ちている気がするし、何より頬骨がブスだ。二重《ふたえ》の幅がブスだ。更に言えば動画や写真に写っている私の顔も反転していないのでブスだ。鏡の自分と違って違和感しかない。人類全ての目の中にインカメラのような反転機能がついていればいいのにと思いながら、ウェイトレスが置いていった冷たい水を飲んでいると、メニューを広げていたソラが呟いた。

「うーん、どうしよっかなー。ソラさ、本当はお昼もう食べてきたからお腹いっぱいなんだけど、でもパンケーキはどう考えても食べたいよね。え、うそ、トッピングありすぎる。あ、このベリー&ベリーもいちごがのってて可愛い。え、どうしよ、やっぱいちごかなー」

「やっぱいちごじゃない？」

私がそう言ってメニューを覗き込むと、ソラは「だよね」と頷いてすらりと伸びた腕を挙げた。少しして「ご注文はお決まりでしょうか？」とテーブルにやって来たのは、先程の邪悪なウェイトレスだった。

「ソラはこのベリー＆ベリーパンケーキのホイップ添えと、メロンソーダで」

「ミクルもこのベリー＆ベリーパンケーキのホイップ添えと、メロンソーダで」

ウェイトレスは私達の輪唱に眉ひとつ動かさず、「ベリー＆ベリーパンケーキのホイップ添え二つとメロンソーダ二つですね」と復唱し、キレのある身のこなしで立ち去った。私が彼女の背中を見送っていると、注文の途中からスマホの画面を見つめていたソラが指で前髪を整えながら話し出した。

「てか、天気良くてよかったね。来月の、ミクルちゃんの誕生日の日も晴れるといいよね。その時は公園に行って撮影しようね。ソラ、そのためにちゃんといろいろ準備してるから。あっ、そうだ、今度ダイソーね。風船膨らますやつね」

私も画面の中の前髪を直す自分を見つめながら話した。

「三月の、ソラの誕生日の時の写真も可愛かったもんね。ダイソー行こ行こ。あそこで揃わないものマジないよ。こないだバナナの皮むき器が急に欲しくなって、でもまさかないだろと思いながらダメもとで店員に聞いたらフツーにあったもんね、皮むき器。私の夢、ダイソーの商品開発してる人」

ソラの口調を意識しながら言うと、ソラは「えー。何それ、ウケる」と笑顔になった。私達はネット上で知り合ってまだ一年にも満たない。それでもこんなに彼女に惹かれるのは、ソラという人間のシンプルさに私が憧れてやまないからだ。

清々しいほど他者に興味のないソラを知れば知るほど、彼女そのものになりたいという欲望が膨れ上がっていく。

テーブルの向こうのつるんとした肌を見つめていると、ピンクベージュが丹念に叩き込まれた唇が開いた。

「二人の記念写真撮ろうね。双子記念写真。あ、そうだ。ミクルちゃん、公園の他に行きたいとこある？」

「うーん。行きたいとこ。電器屋？　ヤマダのLABI？」

「なんでLABI？」

「私、家電量販店ってなんか好きなんだよね。だってあそこって明るいだけで何もないじゃん」

えー、なにそれ、ちょっと意味わかんないです。そう言ってソラがまた笑顔を作ったので、私も「ですよね」と相槌を打った。こうしてソラにあっけらかんと「ちょっと意味わかんないです」と言われるたび、私の脳内から毒素が脱けていく。もし私がソラになれたら、世界は最高にシンプルになるだろう。ソラはいい。ソラには自分を偽ってまでフォロワーを獲得していることに対する後ろめたさがまるでない。フォロワー数だけが絶対的真理であるソラには、自分を偽っているという意識すらない。今もこうしてせっせと彼女をミラーリングしているのも、ソラという人間に完全にシンクロしたいからだ。私もソラの目で世界を見たい。私もソラのように、自分とフォロワーしかいないシンプルな世界に行きたい。そう思い、ソラの真似をして鏡代わりにしたスマホを使ってせっせと前髪を整えていると、

「お待たせしました」

と大きな音を立てて目の前にメロンソーダが置かれた。グラスを置いたのはまだ二十代前半に見える、若いウェイターだった。背が高く、首が長く、どことなくキリンを思わせる草食的な雰囲気を持ち合わせたウェイターは驚いた私を見て、「申し訳ありませんでした」と頭を下げた。もたもたとパンケーキの皿を置く手つきが完全に仕事のできないバイトのものだった。

「ベリー&ベリーのパンケーキ、ホイップ添えとメロンソーダでございます」

舌をもつれさせそうに告げて、ウェイターはぎこちなくテーブルを離れた。鈍臭い店員だ。仕事もそうだが、何より口元が鈍臭い。鼻下の窪みが鈍臭い。歩き方がどう見ても地方出身者の歩き方だった。

え、何これ。すごいんですけど。ピカピカに磨かれた皿に乗った、きれいな焦げ目のついたパンケーキを見てソラが目を輝かせた。パンケーキは二枚重ねで、下品なほど盛られた生クリームの中に大振りの苺が捩じ込まれている。全体に赤紫のストロベリー&ラズベリーソースがたっぷりとかかっていて、見ているだけで作った人間に馬鹿にされているような気持ちになるパンケーキだった。

撮影するためとは言え、こんな恥ずかしいものに二千円近く払ってしまったことを後悔していると、「こないだソラからだったし、今日はミクルちゃんが先ね」とソラが手を差し出した。「ありがと」。そう言いながらその手にスマホを預ける。ソラは画面をタップし、慣れた様子でカメラのレンズをこちらに向けた。近くの席でパソコンを開いていた四十代女性が迷惑そうにしているのがわかったが、皿を両手で持ち上げた私は首を傾げて、小動物と記念撮影をする時の笑顔を作った。

「可愛い！　撮るよー」

小さなシャッター音が鳴るたび、他人にいちばん見てもらいたい自分の顔が自動的に形成されていく。眼輪筋に力が入り、マスカラで思いきり盛ったまつ毛が限界まで持ち上がる。メロンソーダも画面に入るよう顔の位置を調整して不自然な体勢をキープしていると、そのうち、目や鼻や口の感覚が徐々になくなっていき、顔全体に変化が始まるのがわかった。

いつも通り、鼻先がまずゆっくりと圧縮され始める。鼻が少しずつ低くなっていき、ぐしゃっと柔らかいものが潰れた時の鈍くて嫌な音がしたかと思うと、唇や目玉も同じように肉の中にめり込んでいき、顔面は中央に大きな穴がぽかっとひとつ空いているだけの、薄ピンク色の肉塊になった。その穴を囲んで周りの肉が盛り上がり始める。穴の周囲に土手ができると、その縁からは極小の触手のようなものが生え出した。うねうねと早回しの動画のような速度で伸びた触手は一本一本が怪しく、ナメクジのように動いている。撮影を始めると、顔が毒々しい色合いのイソギンチャクに変化するようになったのはいつからだろう。スマホにむかってにっこり笑いかけようと唇があったはずの場所を動かすと、多数の触手が艶《なま》めかしくひくついた。撮影中、顔面がイソギンチャクになるのはいつものことなので私もソラも別段気にしないが、パソコンを開いていた女は目を剝《む》き、顔を引《ひ》き攣《つ》らせている。他の客も気づき始めたらしかったが、土地柄がそうさせるのか中年女性達はこちらを気にしていない振りをして談笑を続けている。さすが乃木坂だな、と妙に感心しながら私は甘ったるい香りのするパンケーキに自分の磯臭いイソギンチャクを寄せた。

「じゃ、今度はソラの番ね」

「うん」

ひとしきり撮影し終えてからソラのスマホを受け取ると、既にカメラアプリが起動され、いつでも撮影ができる状態になっていた。整った小さな顔をパンケーキの隣に並べたソラは「うーん。もうちょい右かな。もうちょい。あっ、そこそこ。ミクルちゃん。ここ、キープで！」と的確に指示を出した。

スマホの裏面しか見えていない私は言われた通り、画面の角度をキープした。こだわりが強いソラは、私と違い、撮影者も自分自身でないと気が済まないのだ。私の持ったスマホの画面を覗き込みながらタイマー設定を駆使して、ソラは自撮りを開始する。そんな私達にパソコン女は今やはっきりと見せ物にでも注ぐような眼差しを向けている。

スマホを覗き込んだソラが一枚一枚仕上がりを見ながら、顔の角度をミリ単位で調整していく間、私はじっとスマホを向け続けた。私は人間自撮り棒。生まれた時から誰かのスマホを持ちたくて、誰かの自撮りを手伝いたくて、そのために十歳で家を飛び出して山にこもって修行を積んだのだった。お陰で今は長時間スマホを持っていても、腕が全然プルプルしない。あらゆる負荷をかけ、限界まで肘筋《ちゅうきん》を鍛え抜いた。そんな想像をしているうち、ソラの顔にも変形が始まっていた。

ソラのイソギンチャクは根元からしめじとエリンギをびっしりと生やした、刺胞《しほう》動物と菌類のミックスだ。羞恥心の全くないソラのイソギンチャクは神秘的で、私のイソギンチャクのような卑猥《ひわい》さや下品さやグロテスクさなど微塵もない。透明がかって神々しく、触手の隙間からパクパクと開く口は全ての生命の源のような説得力がある。根元から堂々とそそり立つ、太くて白いエリンギは威厳を感じさせ、それをそっと包み込んで繁殖するしめじには慈愛が満ち満ちている。私もいつかソラを見習って、全ての母なる存在のようなイソギンチャクを顔面から生やしてみたいと思うが、イソギンチャクに対してどこか恥ずべきもの、猥褻《わいせつ》なものという固定観念がどうしても拭えない私の顔面は湿っぽく、やけにネバネバして生臭い。

パソコン女の視線がますます強くなっていた。周りの人間もこちらを気にしながら様子を窺っている。不快なら注意すればいいのにと思うが、自撮りという行為の何が迷惑なのか、誰もはっきりと言葉にすることができないのだろう。私もある程度それを自覚して、「別に迷惑かけてませんよね？」というさりげないアピールをさっきから怠《おこた》っていない。ソラはおそらく、店に入った瞬間からここにいる客全員をスマホには写らない存在として背景処理しているに違いなかった。

ぽた、と手の甲に何か垂れたので、テーブルに乗せていた自分の左手を見ると、触手から粘液が滴《したた》っていた。それを紙ナプキンで拭おうとした瞬間、

「お客様。よろしければ、お写真お撮りしましょうか？」

と声をかけられてギョッとした。スマホをソラに向けたまま顔を動かすと、いつの間にかさっきの田舎者丸出しのウェイターが締まりのない笑みを浮かべながら、手をこちらに向かって差し出していた。

一体どんなうすのろに育てられればこのタイミングで、スマホで自撮りをしている相手に屈託なく声をかけられるのだろう。私は馬鹿なふりをして強行的にパンケーキとの撮影をしているけれど、自分が他者にとって不愉快極まりない存在であることははっきりと自覚している。しかし目の前の愚鈍の塊のようなウェイターは、この顰蹙《ひんしゅく》の空気を、全く感知できていないのだ。だから私は鈍感な人間が嫌いだ。善人が嫌いだ。総じて、善人というものは鈍感だ。私達は今、「パンケーキと自撮りする」という人間として最も愚かさが凝縮された行為の真っ最中で、そんなタイミングにわざわざ声をかけてきたこの彼の鈍感力には怒りを通り越して、理不尽な暴力を振るわれている気分になる。私は大きく顔を動かしてテラス席を見渡した。中年女性三人組のテーブルに食べ終わったデザート皿が残っている。パソコン女の前には空いた水のグラスが置かれたままになっている。顔を戻すと、ウェイターはまだ間抜けな笑みを浮かべてそこに突っ立っていた。

「よろしければパンケーキを挟んで、お二人をお撮りしましょうか？」

その屈託のない言葉に、私は二度目の暴力を振るわれた。私達は初対面のこの男に、パンケーキを挟んで写真を撮りたくて堪らない女達だというレッテルを貼られたのだ。

ソラが「えー。嬉しい」と言いながら前髪を整え出しているのを見て、私は「でも、他のお客に迷惑じゃないですか」と思わず口を挟んだ。強い口調に引き下がるかと思ったが、ウェイターは驚くことに周りを見渡してから、「別に問題ないと思いますよ？」と返答した。

「でも、店の雰囲気を損《そこ》ねますよね？」

「皆さん、気にされないので大丈夫ですよ」

私はどんどん空恐ろしい気持ちになりながら反論した。「他の人が気にしてないなんてどうしてわかるんですか？」

背の高いウェイターは私を見下ろして、「だってよくあることですから」と言い切った。

「よくあるって何がですか」

「皆さん、パンケーキと撮影したいと仰《おつしや》るので。珍しいことじゃないんです」

「え、でも、ここって老舗の名店じゃないですか。クラシック流してるし、暖炉置いてるし、どう見てもターゲットが大人の客層の、高級路線の店ですよね？」

私は目の前のグラスを手に取って、数本の触手を緑色に光るメロンソーダの中に浸した。

「皆さん、気にされてないですよって決めつけるのって、あまりに他者に対しての想像力が足りなくないですか？　店員だったら、お客がここでどんな時間を過ごしたいと思ってるか理解してその時間を完璧に提供するのが、プロの仕事だと思うんですけど」

「ええ。ですから撮影をお手伝いしようと……」

ウェイターはアピールするような困り笑顔を浮かべたまま、周りを見渡した。

「だから、それがおかしいですよね？　私達って顔面が刺胞動物じゃないですか。普通に考えたら高いお茶頼んで、芝生と噴水の見える席に座ってさあ飲もうって時に、隣で見知らぬ他人にイソギンチャク剝き出しにされたら不快じゃないですか？　不快以外の何ものでもないじゃないですか？　頭おかしいですよね？　イソギンチャクとパンケーキのツーショットって」

「えー。でもそれってルッキズムじゃない？　ミクルちゃん」

自撮りに満足したらしいソラがメロンソーダに口を付けながら無責任にウェイターをフォローする。その言葉にウェイターが力を得たように頷いた。

「お客様を外見で判断するのは良くないと思います」

「いや、していいんですよ。外見って印象に直結するじゃないですか。快か不快かって、その印象からこちら側がどういう気分にさせられたかってことじゃないですか。あと、これ外見っていうか承認欲求の話なんじゃないんですか？　みんな気づいてないんですよね。パンケーキと可愛い自分を撮ってるつもりで、だから人前でも全然撮影平気。みたいなことにしてるけど、あの状態って承認欲求を全開にさせてる、相当イケてないシチュエーションじゃないですか。公共の場で自撮りってテロですよね、もう」

唐突に飛び出した言葉を聞いて、ウェイターが伏せようとしていた顔を上げた。

「テロでしょ。承認欲求テロですよ、完全に。え、だってなんで見知らぬ他人の、気持ち悪いエゴの近くでお茶とか飲まなきゃいけないんですか。なんでそんなグロいもの露出されてるのに、我慢して見て見ぬ振りしなきゃいけないんですか」

私がイソギンチャクを向けると、日陰のテーブル席にいた中年女性達が一斉に顔を背けた。立ち上がって近づいていき、艶めかしい穴の奥まで見せつけたい衝動に駆られる。モヘアの毛先の不快さが限界に達し、アームカバーを剝《は》ぎ取ろうとしたその時、

「お客様」

そう声がして、私は声がした方を見上げた。ウェイターの顔からいつの間にか笑みが消えてい

る。彼が長い体を鈍臭く曲げ始めたので、奇怪な動きをする人間だなと不気味に思っていると、

「申し訳ありませんでした」と彼は頭頂部を私に向けながら言った。

「お客様の気に障《さわ》ることを言ってしまったみたいで、申し訳ありませんでした。もちろんお客様が嫌がってるのに無理矢理、お写真をお撮りするようなことは致しません」

ウェイターはそう謝罪すると、顔を上げてそそくさと立ち去ろうとした。

「どこに行くんですか？」

「え？」

「他人の気持ちをもっと想像すべきでは？　っていう話をしてただけで、写真を撮られるのが嫌なんて私、一言も言ってないですよね？」

立ち止まったウェイターは迷路に迷い込んだような表情をしていたが、やがてこちらにおそるおそる戻って来ると用心深く手を差し出した。

「やった。お願いしまーす」

ソラがスマホを邪気なくその手に載せる。私は椅子から立ち上がり、ソラの持ち上げているパンケーキの皿に逆サイドから両手を添えた。……こんな田舎者店員のしょんべん臭いマウントをひとつ奪って、それが一体何になるというのだろう。胃からメロンソーダが逆流しそうな虚しいだけの勝利感にうんざりしながら手の角度を調整していると、ヴォオン。と虫の羽音がして、

「さっきから何してるの？」

とウェイターの背後から聞き覚えのある声がした。

「あの、このお客様のお写真のお手伝いを」

「もう撮ったの？」

「いえ、まだこれからです」

ウェイトレスはあの接客業に従事する人間とは思えない険しい表情のままだった。「そう。じゃもうここいいから。君、ホールお願い」。そう言われたウェイターはほっとした表情を浮かべ、スマホをウェイトレスに手渡してよそよそしくその場を去った。パンケーキを挟んでお二人をお撮りしましょうかぁ。さっきまでそれが善行だと信じ切っていたウェイターの純真さはもう永遠に戻らない。無垢《むく》なものを汚し、取り返しのつかないことになってから後悔するのは、私のいつもの悪い癖だ。

「あっ、それもうポートレートモードになってるんで。連写でお願いしまーす」

ソラの声で我に返った私は脊髄反射でイソギンチャクを皿に寄せた。ウェイトレスはそんな私達の顔面で蠢《うごめ》く触手を無表情のままじっと見つめている。

あの？　写真いいですか？　ソラが訝《いぶか》しんで声をかけると、ウェイトレスはゆっくりとテーブルに近付き、グラスの脇にスマホを置いて言った。

「これ以上は他のお客様のご迷惑になりますので」

「え？」

ポーズを取ったままの私は予想外の言葉に思わず声を上げた。「撮影禁止ってことですか？」

「他のお客様のご迷惑になりますので」

「迷惑って。だって私達、写真撮ってるだけじゃないですか」

迷惑なんてかけてないですよね？　信じられない気持ちで周りを見渡しながらそう反論すると、ウェイトレスは私をまっすぐ見つめたまま聞き返した。

「どうしても撮らなければいけないんですか？」

「は？」

「どうしても、パンケーキと一緒に写真をお撮りしなければいけない理由が、あるんですか？」

「あります」

すかさずそう答えてしまった瞬間、ぞっとする。このウェイトレスは、私にめちゃくちゃな嘘を捲《まく》し立てさせ、それを周囲の人間の前で嘲笑いながら冷静に暴こうとしているのだ。どうして、まんまと誘導されてしまったのだろう。こうなったらここにいる全員が納得せずにはいられないような理由を、と必死に頭を回転させたが、何も思いつかない。まさか。自分にはパンケーキと写真を撮らなければならない理由が何ひとつないのだろうか……？　小さく目を見開いてそう自問した瞬間、足元が音もなくぐらりと揺らいだ。ウェイトレスはこのことまで最初から見抜いていたのだろうか？

「パンケーキと撮影できないと死んじゃうんです」

青ざめたまま足元のタイルをじっと見つめていた私の隣で、そう声がした。

「本当なんです。ソラ達、パンケーキと撮影できないと死んじゃう種族なんです」

頭を起こすと、ソラがイソギンチャクをウェイトレスへ真っ直ぐに向けていた。だがウェイトレスは眉ひとつ動かさない。

「それ、理由になってないですよね。どうして撮影できないと死んじゃうんですか？」

「理由？　理由って何ですか？　そういう生き物だからって言うのが理由じゃないんですか？」

空っぽに見える小さな頭を傾げて、ソラは聞き返した。

「だって死なないですよね、実際には」

「死にますよ。リアルに死にますよ」

「いや、死なないですよ。それはあなたの頭の中でってことでしょ。死んじゃうくらい撮影したいって言いたいんでしょ」

「違います。リアルに死です」

ソラはそう言い切ると、「死です」「死なんです」と皿を持ったまま悲痛な声で繰り返し始めた。皿から赤紫色のソースが流れ出し、パンケーキが今にもずり落ちそうになっている。その光景を冷ややかに見つめていたウェイトレスは切り捨てるようにソラから視線を外すと、私に向き直った。

「申し訳ありませんが、これ以上の撮影はご遠慮頂けますか？」

「嫌です」

私は自分のスマホのロック画面を解除し、ウェイトレスの胸に強く押し付けた。

「パンケーキと一緒に撮影してもらっていいですか？」

「他のお客様のご迷惑に、」

「あなた達は、たかが自撮りと思ってるかもしれないですけど、パンケーキと写真撮りまくる私達のこと馬鹿にしてると思うんですけど、でもそれってあまりにも私達のこと、想像しなすぎじゃないですか？　パンケーキといい感じの写真撮れなかったらリアルに死ぬんですよ。私達」

私が訴えている間、その言葉に反応するようにソラの顔面から突き出していたイソギンチャクが萎《しな》び始めていた。それに気づいたソラが何とか元に戻そうと指で摘《つま》んだり引っ張ったりしたが、イソギンチャクはどんどんと縮んでいき、顔の肉の中に吸収され始めた。エリンギとしめじが凄まじい速さで干上がっていく。悲鳴を上げたソラが皿の上のパンケーキを摑み、生クリームを塗りたくるように顔面にぐりぐりと押し付けたが、イソギンチャクの乾燥は止まらず、ついには肉の中に消えてしまった。ソラは力尽きたように椅子に座り込み、手で顔を覆って泣き出した。私のイソギンチャクからも腐臭が放たれ始めている。顔から臭い汁を滴らせながら私は声を上げて繰り返した。

「パンケーキと撮影できないと死ぬんです、私達」

あまりの腐臭に耐えられなくなり、客が次々と逃げ出し始めていた。その光景を見ながら、ふと思う。いつになったら圧倒的に自分をボコボコにしてくれる存在が現れるのだろうと。自転車に乗った大きな男とすれ違う時、「キャッ」と呟きながら必ず目を瞑ることにしているのは、自分こそが突然見知らぬ相手から半殺しの目に遭わされるべき存在である、という夢想に取り憑かれているからだ。この世は素敵な場所だ。この世は素晴らしい場所だ。私のマインドがチェンジすれば、今この瞬間から世界はそうなるし、私のマインドがチェンジすれば、一瞬で私は幸せになれる。けれど私のマインドはチェンジしない。私は反転してる顔が本当の顔だと思いながら現実の顔に違和感を持って生きていく人間だ。私は自分のいる場所にいつも強烈な疎外感を抱きながら、生を無駄にし続ける人間だ。ぽた、と手の甲に何か垂れたので見下ろすと、イソギンチャクから腐った粘液が滴っていた。ウェイトレスの姿はどこにもなく、私のスマホだけがテーブルの足元に投げ出されていた。

「ソラ？」

向かい側の椅子に腰掛けたソラは飛び散った生クリームに塗《まみ》れながら、パンケーキの中に突っ伏して絶命していた。

「ありがとうございましたー」

店を出た時、何もかもが違って見えていることを期待して会計を済ませた私は、レトロな作りの扉を押して外へ出た。

世界が一向に素敵に見えないのは、私の目にストロベリー&ラズベリーソースが流し込まれていて、視界がドロドロの赤紫色に覆われているからだ。

「じゃ、ソラ、このままバイトに行くね」

手を振りながら軽やかな足取りで交差点の先へ消えていったソラと別れた瞬間、チクチクと腕を突き刺してくるアームカバーを剝ぎ取って、バッグの中に押し込んだ。すぐさまスマホを取り出すと、地図を出すついでにフォロワー数をチェックする。数字は朝から何ひとつ変わっていない。舌打ちし、サングラスをかけて腕を掻きながら歩くうち、葬儀の帰りなのか反対側の歩道で日陰を貪《むさぼ》るように連なっている礼服の黒い集団と出くわした。

横断歩道を渡り、よく知っている白とブルーの配色に引き寄せられるように目の前にあったコンビニに思わず飛び込む。そういえばまだお腹が空いているなと、いつからか蓋がなくなった冷凍ケースのアイスコーナーからガリガリ君を手にして、レジに持っていく。カウンターにいたのはカタカナで書かれた名札を胸につけた異国の店員だった。私はコンビニで働く異国人。私は……。褐色の肌の彼に電子マネーで支払いをしたあとも、そこから立ち去り難いものを感じた私は無意識に「領収証を下さい」と頼んだ。戸惑ったような店員にぐちゃぐちゃな文字で「勘解由小路」「ガリガリ君代《だい》」と時間をかけて書かせたあと、「あ、やっぱりもう一つ」と冷凍ケースに戻ってガリガリ君を追加し、その領収証も出してくれ、と頼む。泣き出しそうな店員を見ているうち、自分がこの上ない安堵に包まれていることに気づいた。マウントの取り合いは、私が信じることのできる唯一の人との繋がりだ。

コンビニを出てアイスの袋を道に捨てて、ガリガリ君を口の中に突っ込むと、舌に清涼感が広がり、ようやくモヘアの痒みが和らいだ気がした。

横断歩道の向こう側に、また礼服の集団が固まっている。歩行者用の信号が青になったので、アイスを舌に押し付けながら歩き出し、人々に私の顔面を見せつけるように横断歩道の真ん中付近で立ち止まった。向こう側から自転車に乗った大きな男がやって来たが、こちらには一瞥もくれず通り過ぎていく。点滅した信号に急かされ、横断歩道を渡り終えようとしたその時、背後から「カデノコウジサーン！」と呼ばれた気がして振り返ると、さっきの異国のコンビニ店員が私の忘れたもう一本のガリガリ君を手旗のように振っていた。

カデノコウジサーン！

私は横断歩道の向こう側にいる店員を三秒見つめ、そして、前を向いて歩き始めた。フェイントを掛けながら乃木坂駅を目指して角を曲がったところで、あの店員に苗字の読み方など教えていないことに気づいてハッとする。あの店員に、どうして日本で一番読みにくい苗字、「かでのこうじ」が読めたのだろう。立ち止まり、スマホの画面を思わず見つめる。青丸は目的地からどんどん遠ざかっている。指がべとついている気がして舌を当てると、生クリームと甘ったるいソースの味に顔が小さく歪んだ。

（４９６８）

スーパーの脇に人間が次々と吸い込まれていく箇所があり、近づいていくと、そこは地下鉄の駅へと続く階段だった。下から噴き上げる生暖かい強風に髪や衣服を弄《もてあそ》ばれながら勤め先に向かう会社員達は皆、無表情。スマホを凝視、あるいは上着の襟元に顎を深く埋めるように俯《うつむ》きながら黙々と階段に飲み込まれていく……。

と、そこまで考えて私は息を長々と吐き出した。現実的に考えれば、これだけの人々が一様に無表情を保っているなどあり得ない。この光景を作り出しているのは誰でもない、私自身だ。今見ているものは全て、どうか朝の通勤ラッシュに巻き込まれる人間がひとり残らず、心身を、魂を擦り減らしていますように、満身創痍《そうい》の状態でギリギリ社会にしがみついているだけのマリオネットでありますように、という私の幼稚な願望が作り出している心象風景に過ぎない。脇へ退き、ひとりひとりの顔を今度は名前や家族構成や好きな歌などを想像しながら観察しようとしたが、既に自分もこの無数の人間で構成された動線の一部であることを思い出した私は、そのまま強風の噴き上げる生暖かい地下階段に飲み込まれていくしかなかった。

それにしても一体いつから、私はこの大きな流動体に摂り込まれたのだろう。新宿駅から快速電車に乗り込んだ時、まだ私はかろうじて私というひとりの個体だったはずだ。しかし乗り継ぎの駅に着き、もみくちゃになりながら扉に向かう人々と共にホームに吐き出された時にはもう、私は私としての尊厳や意識を剝奪され、名もなき動線の一部となっていた。私はどこかに移動することだけが遺伝子にインプットされたアメーバのように、そのまま一カ所しかないJR線の改札口を通過し、人々の流れていくまま商店街らしき通りを歩き、スーパー脇の地下階段に吸い込まれている。

マッスーさんがこの時間帯をわざわざ指定して、私鉄やJR線が何本も流れ込むターミナル駅内のMUJIカフェを待ち合わせ場所にした理由は、嫌がらせ以外に考えられない。前にオーガニックサロンのランチ会で「満員電車に乗る人って、あの異様な状態をどうやって受け入れてるんですか？　あの状況に自分を順応させて抵抗ないんですか？」などと会社員であるマッスーさんに何の気なしに尋ねてしまったことをよほど根に持たれていたのだろう。私より二回り近く年上のお姉さんであるマッスーさんがこんなチンケな嫌がらせをする人だとは知らなかったが、どうやら菜食主義もマインドフルネスも面倒臭い中年女の性根を変えることはできないらしい。付けいる隙を見せて、これ以上マウントを取られないようにしなければ。そう思い気力を奮い起こしてみるものの、人々によって生み出されている流れは想像以上の速さだった。一心不乱に移動する以外の意思を全て排斥するかのような殺伐とした空気に呑まれそうになった私は、他のアメーバに必死で食らいつこうと歩調を加速させた。

緑の丸は千代田線。茶色い丸は副都心線……心を無にして階段を降りていこうとした瞬間、踵《かかと》の高い靴を履いてきたことを思い出し、ゾッとする。このまま階段を踏み外して転倒し、切った額から流血しながらも、脱落者にだけはなりたくない脱落者にだけは絶対になりたくないという謎の強迫観念によってふらふらと立ち上がり、何事もなかったかのように血まみれのまま人混みに紛れて歩き出す私。そんな光景を瞬時に想像し足が竦《すく》みかけたが、前の女の後頭部が近すぎて足元を確認することもできない。

異様に緊張しながら階段を降りきると、燻《くす》んだタイル貼りの壁には端が切れて捲れ上がったポスターが数枚並んでいた。ポスターの中では顔はなんとなく知っているが名前も思い出せないメダリスト選手が泣いているようにも怒っているようにも見える表情で、高齢者に詐欺を注意喚起している。できることなら私もこのまま立ち止まり、彼女と一緒にこの戦場のように殺気だった光景を傍観していたかった。今の私は排水口に吸い込まれていく髪の毛よりも無力だ。自動改札機へと押し込まれホームへと続く階段を降りきると、一番線から電車が出発した直後だった。

比較的余裕のある空間にほっとしかけたものの、増殖し続ける人々がすぐにホームを埋め尽くした。逃げ出したくなるが、遅刻だけは、と思い留まる。私は今朝、少なくとも十分前には着座して謝罪の気持ちをアピールしようと目論んで家を出たのだ。アプリの検索結果を信じるなら、次の電車に乗れなければ乗り換え駅で急行を十分以上待つはめになる。

Bluetooth イヤホンで通話しながら背後を通り過ぎた男の身体が私の肩にぶつかった。その途端、今から自分が為さなければならない禊《みそ》ぎについて思い出し、緑色の藻がびっしりと付着した水槽の水を無理矢理腹に流し込まれたような気分になった。

――一週間前の私は、どんな手を使ってでもフォロワーを増やさなければならないと、そうでなければ本気で死んでしまうと、何故あれほど思い詰めたのだろう。あの不定期に訪れる、正体不明の焦燥感。私はいつもあの発作に怯え、あの発作に振り回され、あの発作にコントロールされながら生きている。

一週間前もそうだった。深夜二時近く心臓がバクバクしていることに気づいて目が覚めた私は、何故この世界は自分にフォロワーが増えないように作られているのだろうといつものように考え出したら眠れなくなり、エチゾラムを更に二錠追加したのだった。その後の記憶は朧《おぼろ》げだ。どうやら私はからあげクンレッドをやけ食いしたあと、マッスーさんのインスタで目にした文鳥の写真を勝手に拝借し、自分のインスタに投稿したらしい。意識が朦朧としていたにもかかわらず、違う文鳥に見えるようにと色味とコントラストを調整し、写り込んでいたマッスーさんの指の部分をトリミングまでするという徹底ぶりだった。その後、スマホの電源をオフにしたまま丸一日ベッドの中で過ごした私は次にコメ欄を見るまで、知人の指摘によって写真に気づいたマッスーさんが激怒しているという事態を一切把握していなかったのだ。馬鹿だった。そんなことをしてトラブルにならないはずがなかったのに。おそらくパニック状態のままベッドの中で見ていた動画ランキングの上位に、ほっこり癒し系動画勢が台頭していたのがよくなかったのだろう。文鳥なんて見た目、全部一緒。鳥類にありがたみを感じたことのない私がそう高を括っていた可能性は高い。だとしても運営に通報して削除させるという一般的な方法を取らず、コメントで「誠意」を連呼したマッスーさんに直接対面での謝罪を求められることになるとは思わなかったが……。

　プァァン。と警笛を鳴らして反対側の線路に電車が滑り込んでくる。威嚇的な警笛は曲線を描いた天井付近に反響すると、ファンファーレじみた間抜けな響きに変化した。深刻な顔でホームに立っている会社員にシンパシーを覚えている自分に怖くなった私は慌ててその場を離れる。

　ヤクルト史上最高密度の乳酸菌シロタ株。ライザップが作ったコンビニジム chocoZAP 使い放題プラン！　ホームに設置された鏡の台座部分に差し込まれた広告を一つずつ確かめながら歩くうち、いつの間にかいちばん端まで辿り着いていた。一番線、電車が参ります。黄色い線の内側まで下がって……。トンネルの奥から吹き込んだ湿気た風に、髪が煽《あお》られる。減速した車両が音を立てて通過するのをなるべく視界に入れないようにしながら、足元の点字ブロックの凹凸に靴底を擦り付けた。もし今から乗る車両に肉がはち切れんばかりにひしめいていたら死。今日はもう死。そう口の中で繰り返すうち、髪の毛先が少しずつ落ち着き、すぐそこで扉の開く気配がした。

　視線を上げ、比較的マシな乗車率であることに安堵したのも束の間だった。いちばん近いドアの枠にしがみ付くようにしながら立っている会社員と目があい、その、何かが崩壊する直前のような追い詰められた表情に思わず小さく悲鳴が上がる。三十代中程だろうか。ぎょろついた目で私をひと睨みした男性は自分のふくよかな腹を見せつけるようにドアの外側へはみ出させた。あまりすることで自身も中から押し出されているような雰囲気を醸して、ここから誰も乗って来させまいとしているのだろう。男性が必死にしがみ付いているのはドア枠という名の別の何かだった。

この男が脱落するのは時間の問題……。踏み出せない足がますます重くなる。

乗らずに済むならそうしたかったが、無感情なアナウンスに背中を押されるように私は電車に突入した。窓際がいい絶対窓際がいいと思いながら会社員の脇腹に肘を入れ、スペースを確保する。シャツ越しの贅肉の不快さに堪えていると、頭の上から舌打ちが小さく降ってきた。チィッ。やり過ごして体を向けた窓ガラスには無数の指紋が浮かび上がっている。最弱メンタルを1週間で最強メンタルにする8つのメソッド!!!　反響の声続々!!!!　広告ステッカーに泳がせた目の中にエクスクラメーションマークが突き刺さって血が噴き出る。誰かの口内に閉じ込められたかのように車内は膿を潰したような匂いが漂っていた。

窓の外でホームが後方に流れ出す。バランスを崩した私がドア枠近くのバーに咄嗟《とっさ》に手を伸ばすと、死守していた領域を侵されて不満だったのか NORTH FACE のデイパックを母親カンガルーのように腹側に回した学生風の女子がスマホに落としていた目をチラリとあげた。二重《ふたえ》の幅が左右で違うのは、いい加減な手術を受けたから?　バーを握る私の手首にぐりぐりと女子のデイパックが押し付けられていることに気づいた瞬間、何もかもにうんざりした最弱メンタルの私はバーから無言で手を離した。

〈謝罪　マナー〉。息を吐き出し、気を取り直すために検索窓に打ち込んでいく。〈菓子折り〉〈服装〉〈言葉遣い〉。どのサイトも内容は似たり寄ったりだ。言い訳はしない。出されたお茶は飲まない。落ち着いたスーツが無難……。画面をスクロールしていくうち、〈謝罪がちゃんとできなければ社会人失格です!〉という見出しが目に留まり、腹の中の水槽の水が二割ほど増した。

……親が所有している古いマンションのひと部屋を占領し、無理に働かずとも贅沢さえしなければ生きていける会社員でも学生でも主婦でもない私は、そもそも社会人の頭数にも入っていないのだった。エントリーすらしていない枠にもかかわらず、一方的に合否を出される人間の気持ちをコタツ記事ライターは想像したことがあるのだろうか？　マッスーさんが「誠意を見せろ」とやたら強要するのも、社会を少し離れたところから傍観し、なんの組織にも属せずフラフラしている私に「謝罪」という名の踏み絵を踏ませたいからに違いなかった。満員電車に揉まれ自尊心をずたずたにされながら謝りたくもない相手に頭を下げれば、私も立派な社会の一員。マッスーさんサイドの人間として合格する、というわけだ。

対面したら、やはり第一声は「この度は申し訳ありませんでした」か？　げんなりという苦い物質が体の奥から込み上げて咽頭を這い上がってきそうになったその時、液晶にポップアップが表示された。未読メッセージが一件届いている。嫌な予感がして画面を確認すると、思った通りマッスーさんからだった。

[到着してます。奥の席にいます]

は、もう？　なんで？　どきりとしながらホーム画面の時刻を確認する。やはり待ち合わせの時間まではまだ余裕がある。混乱する頭で返事を打ち込もうとした私は、次の駅を把握するため頭上の液晶ディスプレイに目を走らせた。頑張りま〜す。楽しみすぎま〜す。VRライブを開くというアイドル五人組が中身の乏しいコメントをする動画が流れるだけで、一向に運行情報画面に切り替わらない。やきもきしていると、またポップアップが浮かび上がった。

［どのくらいで着きますか？］
［いま向かっています。申し訳ありません］
別に遅刻はしていない。そう思いながらもとりあえず送信する。既読はついたが返事が来ないので不安になり、［思った以上に電車が混んでいて。ギリギリになるかもしれません…］と余計な文章も追加で送ってしまってからミスしたことに気づく。
［こんなこと言いたくありませんが。電車が混んでいることも想定して家を出るべきなのでは？］
［ギリギリか、もしくは間に合うと思います。お待たせして申し訳ありません］
［本来なら謝罪する側がこちらより先に来ているのが筋かと］
待ち合わせ時刻よりかなり早く来ておいて？　憤りが込み上げるが、ひたすら陳謝するしかない。
［申し訳ありません］
［確認なんですが、謝罪をしたいと言い出したのはそちらですよね？］
一瞬なんと答えるべきか返答に詰まっていると、まるで液晶の向こうからこちらが見えているかのように、
［私ですか？］
とすかさず追撃された。
［いえ、私です。私がお願いしました。呼び出しておいて申し訳ありません］

慌てて打ち込みながら不安を覚える。この調子だと同じ謝罪フレーズの繰り返しにも、馬鹿にしてるだろと絡み始めるかもしれない。会話を中断してでも〈申し訳ありません　言い変え〉と検索すべきだろうかと迷っていると、

［こういうことが全てではないですか？］

という言葉が放たれ、液晶に滑らせかけていた指が止まった。

［初めてお会いした時から、愛・感謝・リスペクトのない生き方をしてきた方なんだな、という印象を受けていました］

唐突なカミングアウトに面食らう。親指を宙に浮かせたまま次の一手が見えないでいると、アプリの中の青空を模した背景が何かに感染したかのように白い長方形にどっと埋め尽くされた。

［初めてお会いした時から、愛・感謝・リスペクトのない生き方をしてきた方なんだな、という印象を受けていました。

二度目のランチ会でお会いした時も私の名前をうろ覚えのようでしたし、そちらはもう気にもされてないと思いますが、オススメのマーケットを教えて欲しいと言われたので選りすぐりの情報をいくつかまとめてお送りした時も、スタンプが一つ返って来ただけでその後、感想もなしでした。

まあ、気にもされていないとは思いますが。

そもそも、だいなごんあずきさんがオーガニックに本当にご興味がおありなのかも疑問です。

今日はどうしても会って謝罪がしたいとのことだったのでお話を伺うつもりでしたが、ご自分のどういった部分に問題があるのか、特に深く内省することもなくいらっしゃるようでしたら結構ですよ。

お互い時間の無駄になるだけなので😅」

最後の顔文字が怖すぎて液晶を思わずスクショした。これほどの長文をこんな短時間で作成できたとは思えない。用意してあったものを貼り付けた？　最高の講師陣があなたを指導!!!　やる気スイッチきっと見つかる!!!!　泳がせた目からまたしても血が噴き出る。なんでもいいから反応しないと。既読スルーだけはマズい。でもこれだけの長文に短い返信だと余計怒りを煽るのか？　親指で反射的に〈も〉をタップし、予測変換の中から〈申し訳〉を選んでしまいたくなる衝動を思い留まって、

「私」

「は、」

と打ち込んだ。とりあえず文字数を稼ぎたい一心でタップを続ける。

「私は、人の名前を覚えることができません。

頂いたメールに返信をすることができません。

駐輪場を探して自転車を停めたり、挨拶された人に挨拶を返したり、屋外でわざわざゴミ箱を探してゴミを捨てたり、役所から届いている郵送物を開封する、という日常的なことが普通に実行できません。なぜなら」

とそこまで書いて指が止まる。なぜなら？

［なぜならそういう社会的な振る舞いをすると、私の中の玉ねぎが小さくなってしまうからです］

完全にやべえ奴だな。我ながらそう思い、鼻から息が漏れる。が、事実だ。私は私の大事な玉ねぎが剝けすぎないように、鍋の中で溶けすぎないように常に火力を調整しながら生きている。玉ねぎにストレスを与えないように常に気を遣い続けて生きている。ぎっしりと詰まった長文を見ると気持ち悪くなってしまうので未送信のままLINEアプリを一旦閉じた。メモを開き、親指を高速で動かして続きを思いつくまま細切れに書き出していく。

［私の玉ねぎはとても繊細な玉ねぎです］

［私が社会に無理矢理迎合するような真似をすると皮が剝け、鍋の中で溶け始めます］

［火を止めれば守ることはできるけど、それには私が世間と完全に距離を取ることが必要です（もちろんネット上も）］

［でもそうやって頑張って誰とも関係を持たずに、玉ねぎを大事に大事にしたところで］

［買い物に行ったスーパーで、見つからない商品を散々探してカゴに入れたり］

［こっちの列の方が早いだろうと見越したレジが全然進まなかったり］

［ママチャリに乗ったおばさんに後ろからベルを鳴らされたりするだけで］

［気づけばすぐにまた玉ねぎがドロドロになって、私はまともに何もできない体になってしまいます（復活させた意味なし）］

［先週も、頑張ってネット銀行の口座開設をしたら、三日間寝て過ごすだけの人になりました（マジで意味わからん）］
［私も他の人達みたいにおっきくてカッチカチの玉ねぎの持ち主になりたかったです］
［玉ねぎ強者になりたかった］
そこまで一気に書いて、読み返す。全文コピペしてマッスーさんに返信しようとしていた気持ちは完全に霧散した。
増えてきた乗客に押しのけられたのを口実に液晶を暗くする。ここまで受けたストレスによって既に私の大事な玉ねぎは家を出た時とは比べものにならないほどドロドロの状態に溶けてしまっていた。このままだと、私はまともに電車に乗っていることすらできなくなるだろう。
既読スルーだけはヤバい、とか、長文には長文で返さなければ、とか、今こうして放置している瞬間にも……とか考えることそれ自体が玉ねぎにとって著しくストレスなのだった。腹を押し付けられた格好でガラスの向こうの灰色の壁を眺めているうち、我慢していたものがふつふつと湧き上がり、なんの個性も捻りも面白みもない、あんな文鳥の写真一枚でよくもここまで……という苛立《いらだ》ちが、チューブを握り潰された歯磨き粉のように口から溢れそうになる。あんな、大家族が入り終わった風呂よりも生ぬるい写真にそれだけの価値があると？　写真を盗用した私も悪いが、たかが現実世界で二度会っただけの人間に愛も感謝もリスペクトもないと断言してしまえるその人間性の方がヤバくないか？　てか謝罪したいって私からお願いしたことにされたが、あれマジなのか？　色々なことに混乱していたが、でもいちばん不可解なのはそうまでして私が部屋の外へ出ることを繰り返す理由だった。大事な玉ねぎを無傷で守りたいにもかかわらずわざわざ誰かと関係を持ち、その摩擦で玉ねぎを傷つける。育て、また傷つける。そんなことを延々と繰り返す、その馬鹿げているとも言える行為の目的だった。私は一体何がしたいのだろう。視界を埋めている灰色のコンクリートが胸の内側まで隙間なく塞いでいく。

他に選択肢がないことはわかっていた。これ以上大ごとになれば、写真を無断で盗用されたとマッスーさんがネット上で騒ぎ出すはずだ。偽善と欺瞞と虚飾と詐称に満ちているくせに嘘が最大のタブーとされるあの世界でそんなネタを広められてしまえば、私がこれまでコツコツ増やしてきたフォロワーなどたやすく吹き飛んでしまう。それだけは。隣の女の肘が脇腹に食い込み、顔が歪む。それだけは。私がどんな思いで少しずつ増やしてきたか知らないくせに。

「フォロワー数0」。この言葉を思い浮かべただけで、ドアに押し付けている腕の痺れが全身に拡散し、立っていられなくなりそうだった。誰からもフォローされない世界を想像しただけで、パニックに襲われ、大声で喚き散らしそうになる。

こんな数字に振り回されて日々生きているなんて知れたら嘲笑の的にされることはわかってる。世界にはもっと苦しんでいる人がいて、今この瞬間にも壮絶な目に遭いながら凄惨な過去を乗り越えようと必死で頑張っている人達が大勢いるのもわかってる。全部知ってる。でも蟻が犬の気持ちを想像できないように、自分とかけ離れているものの気持ちは理解不能だ。自分より不幸な人の気持ちを私は想像できないし、むしろこんなに辛いのに誰にも共感してもらえないという自分の状況に私はますます追い込まれていく。こんなにも切実に苦しんでいるのにその辛さが誰にも伝わらないというジレンマに私は切実に悩んでいるし、その辛さすらも人から見たら滑稽という苦痛のループに私は永遠に閉じ込められている。

ブレーキがかかり、電車が減速する。両足を広げ踏ん張っていた身体が、駅名を告げる車内アナウンスで更に硬くなった。降りる駅だ。どちら側のドアが開くかを聞き逃してしまったので手に汗を握りながら縋《すが》る思いで目を凝らしていると、明るく拓けたのは逆サイドの窓の向こうだった。二分の一の勝負に負けた私の喉の奥から、ぐ、と声が漏れる。

鉄の板が左右に割れ、ホームから淀んだ空気が車内に流れ込んだ。早く降りろ。そう自分を鼓舞し、恐る恐る周囲を見渡した私は小さく悲鳴をあげそうになった。いつの間にここまで密度が増したのか。人が人でいるために超えてはいけない乗車率をオーバーした車内は、明らかに異常な空間に変貌していた。誰かが強引に体を反転させる気配がして顔を向けると、男性会社員がビジネスバッグを抱き抱え、ゴソゴソと動き出そうとしているのが視界に入った。頭で考えるより先に、もがくように手を動かして咄嗟にその背後に張り付く。もうこの会社員に縋る以外に術はない。あるいはこの駅で乗客が一気に降りるかも。心のどこかでそう期待していたが、人の流れはさほど動かないどころか、ホームの外で表情を無くした人々が虚ろに列をなしているのが目に入り、玉ねぎの皮がずるっと剝けそうになった。

会社員が作る今にも消え入りそうな轍に縦に捻った身体をねじ込ませ、食らいついていく。前進はしているが、あらゆる方向からの外圧に妨害され会社員との距離が少しずつ開いていく。降ります。あの、降ります。聞こえているはずなのに誰も道を作ろうとしないその意味がわからない。取り繕う余裕もなくなり叫ぶように「降ります！」を連呼する。もしかするとこのまま降りられないのでは、という可能性がリアルに頭によぎった時、会社員が神経を無理矢理引きちぎるように電車の外へと飛び出すのが見えた。届くはずのない私の手が乗客の隙間に向かって虚しく伸びる。待って。私も降りる。だが次の瞬間、待ちきれなくなった人間が一気に押し寄せ、私の身体はあっという間に車両の中程に押し戻された。骨が砕ける。胸が潰れる。駆け込み乗車する人間に生まれて初めて本気で殺意が湧いた。ずる。近くから生乾きの洗濯物の匂いが漂って玉ねぎが剝けた。ずる。汗ばんだ他人の肉が笑えるほど密着してきて玉ねぎがまた剝けた。ずる。誰かの iPhone がエンドレスに鳴って玉ねぎが剝けた。
　もう自分の足で立っている感覚もなかった。

［今どこですか？］
［返事がないということは謝罪に来る意思がない、と受け取って問題ないでしょうか？］
［穏便に済ませたいと思っていました］
［こういうところで人間性が露呈してしまいますね］
［愛と感謝とリスペクトを獲得するにはメディテーションがいちばんかと］
［私の助言など必要ないでしょうが］
［あと五分で帰ります］

マッスーさんは指定したＭＵＪＩカフェの、奥まって少しわかりにくい席にいた。テーブルの上には木製のトレーがあったが、何か食べた形跡はない。マグカップといつも白湯を飲むために持ち歩くと言っていたSTANLEYの水筒。それに今度オープンするらしい自然食品店のチラシがあるだけだ。朝の通勤時間帯のＭＵＪＩカフェは意外なほど空いていた。

「お待たせしてしまい、申し訳ありませんでした」

あと一メートルというところでマッスーさんが紀伊國屋書店のカバーのかかった本から目をあげ、こちらに気づいたので礼をした。頭頂部が相手に見えそうなほど丁寧に、深く。まとめサイトに書かれている通り意識はしたが、マッスーさんに誠意が伝わったかは不明だ。けど。とにかく頭は下げた。

「早かったんですね」

壁掛け時計があるのだろう、私の背後に視線を送ってからマッスーさんはそう口を開いた。乗り換え駅で降りられなかった上、元の大きさから三分の一まで下回った玉ねぎを回復させるため途中トイレに駆け込んで、知らない親父が糠漬けを黙って食べるだけの動画の鑑賞に五分費やしたから、計十五分の遅刻だった。ベージュ色のマスクをしているせいでマッスーさんの表情は分からない。マスクはいつも通り布製だ。オーガニックコットンだけを１００％使用したものじゃないと肌が荒れる、と言っていたのを思い出す。コロナが流行って不織布不織布と周りが騒いでいた時も、マッスーさんは頑なにひとり布製を貫き通していたのだ。体に化繊が触れるという状態が耐えられないらしい。あのマスクも間違いなく、自然由来の石鹼で毎晩丁寧に手洗いされているだろう。

「遅れるって仰ってたので、もっと時間がかかるのかと」

ゆったりとした口調にもかかわらず、言葉が鋭く突き刺さってくる。下手に電車から降りられなかったことを話すと言い訳と取られかねないと思い、私は俯き加減のまま黙っていることにした。向かい側の席は空いていたが、勧められる気配はない。幸い、このピリついた空気が気づかれるような範囲に他の客の姿はなかった。

「……この度は」

店内に流れる心地よいアコースティックサウンドに抗《あらが》うように、私は精一杯沈痛な面持ちを作って切り出した。

「え？」

マッスーさんは本に栞を挟みながら目もあげず聞き返した。ややわざとらしい仕草で本を閉じてテーブルの隅に置く。そういえば昔、是非読んでみてと勧められた本はスピ系で、結局それも特にリアクションせずスルーしてしまったな……。仕切り直すため、慌てて唇を湿らせる。

「……この度は、私の軽率な行動で、ご迷惑をおかけしてしまい、大変申し訳ありませんでした。不愉快な思いをさせてしまったこと、心から深く――」

マッスーさんは何も言わずマスクの上からはみ出た目をじっと私に向けていた。謝罪動画を撮られないだけマシだったが、自分の口から発しているとは思えないほど空々しい言葉によって糠漬け親父動画で必死に回復させたばかりの玉ねぎがあっという間に小さくなっていく。マッスーさんは初めからこれが狙いだったのだろうか？　私の玉ねぎを芯まで剝き切って、もう二度と私が玉ねぎを回復できないように、「私の玉ねぎが……」などと言い訳できないように、もっと言えば玉ねぎなど一生作れない体にして、自分と同じ玉ねぎ無しの人生を歩ませるつもりだったのか？

頭を下げた流れで伏目がちをキープしているから、マッスーさんが今どんな表情でこちらを見ているかはわからない。でも心の中では勝ち誇っているだろう。玉ねぎに縋り、玉ねぎの威を借りていた私からもうすぐ玉ねぎを奪える瞬間をマッスーさんは確信しているはずだ。玉ねぎを失ってしまった人生を想像するだけでパニックに押し潰されそうだった。玉ねぎを失った私など生きている価値もない。そんなふうに自暴自棄にならずにいられないし、玉ねぎを失ったあとの世界で正気を保てる気がしない。きっと私はこの異様な場所に順応することもできず、そのことを周囲に気づかれないようにうまく振る舞うこともできず、みんなが暗黙の了解で作り上げている社会というフィクションに加担することができないせいで、この先想像もつかない孤独と苦しみを味わうことになる。下半身の感覚がなくなり膝から力が抜けそうになりながら、でも、とふと思う。もしかしたらこんな風に玉ねぎを絶対視し崇拝していることこそ、マッスーさんが私から玉ねぎを奪おうとしている理由なのか？

——私が玉ねぎ無しの人達を密《ひそ》かに見下していたから？　私が満員電車の異様さに自分を順応させてしまえる大多数の人間を、玉ねぎ片手に軽蔑していたから？

こんなにも強烈な疎外感に自分が苛まれる原因は、全て私の玉ねぎにあったのかもしれない。

そんな単純な可能性にようやく思い至る。私はこれまでずっと「阻害されている自分だけが絶対に阻害されている迫害されている」と苦しみながら、その迫害の源である玉ねぎを後生大事に守り、その守った玉ねぎの皮で滑って自爆して満身創痍、という不条理芝居をずっと演じていたのかもしれない。私は今この瞬間まで、玉ねぎを失うことは自分をこの狂った世界に順応させることだと妄信していたけれど、もしかすると玉ねぎを捨てることでしか拓けない世界というものが、あるのだろうか？

「……ほんの気持ちですが、お受け取り下さい」

悲痛な面持ちをキープしたまま顔を上げ、白い箱を恭《うやうや》しく差し出した。つまらないものですが、と手持ちの菓子折りを表現するのは近年失礼に当たると定義し直されたらしい。謝罪マナーすらあっさり生まれ変わる。だったら。左目の下瞼がぴくりと痙攣する。私にも、新しい生が与えられてもいいのでは？

空中で待機している箱の中身は、さっき駅ナカのベーグルスタンドで買ったひとつ税込二百八十円のベーグルだった。ブルーベリー、胡桃、よもぎ。それぞれ二個ずつ入って六個で千六百八十円。生まれて初めて菓子折り的なものを買った時点で私の玉ねぎはほぼ原形を留めていなかったが、マッスーさんはそこまでして準備した形式的な手土産など興味もないようだった。待機している箱をスルーして、冷ややかな目線を私に向ける。マスクをゆっくり顎までずらしたマッスーさんは薄い唇の隙間からマグカップの中に言葉を落とすように、

「……テンプレ？」

と呟いた。

——なんて言った？

感情の読めない声に思わず疑問符が浮かぶ。

「テンプレですよね。今の文章、完全に」

そこまで言われて初めて、彼女が今までどういう気持ちで私の謝罪に耳を傾けていたのかを知った。……謝罪文にオリジナリティ求めるとか、マジか。鳥肌が立ちそうになってよく見ると、マッスーさんの口元にはうっすらと笑いのようなものが浮かんでいた。

「見事にどっかで聞いたことある、定型文の寄せ集めでしたね。まあ、そういう人だろうなと思ってはいたので、想像通りと言えば想像通りなんですが」

マッスーさんは今度ははっきりと愉快そうに笑いながら「あー、録音しとけばよかったー」と呟いて、目の端に浮いた涙を指で拭き取るような仕草をした。マッスーさんの言う通り、私の準備してきた言葉は〈謝罪　例文〉でいちばん上に出てきたサイトで見つけたテンプレほぼそのままだった。〈誠意が伝わる！　これで完ペキ謝罪文〉という見出しに人をおちょくったものを感じた私は、どうせコピペの寄せ集め記事に違いはないだろと横着し、他のサイトは見もしなかったのだ。だって謝罪にオリジナリティやバリエーションが求められるとは思わなかったから。

「人の写真を無断で転用してごめんなさい、っていう謝罪の言葉を無断で転用してくるんですね」

落語の大オチを聞いたあとのようにマッスーさんはそう言いながら、また指先で涙など全く滲んでいない目尻を拭った。一瞬、女性が毎日持ち歩くには無骨でハードすぎるSTANLEYの水筒を脳天に振り下ろされる自分の姿が頭によぎる。

「他人に対して、愛も感謝もリスペクトもないのって、生まれつきなんですか？」

その言葉の中にマッスーさんが味わっている屈辱が透けて見える。彼女が私に見切りをつけてここを立ち去るのは時間の問題だった。その流れだけはなんとか避けたかったが、謝罪文も菓子折りも用意してきたものは全て出し切ってしまっている。

マッスーさんの傷ついた自尊心を満足させるために私にできることはもう、ひとつしか残されていなかった。

下を向き、窄《すぼ》めた口から静かに息を吐き出す。私の玉ねぎはもう限界値をとっくに下回っていた。私が外に出かけたせいで。部屋に籠《こも》ったまま誰とも関係を持たなければ玉ねぎは無傷だったのに。私の裏切りを最期に知り、玉ねぎは深く傷つくだろうか。取り返しのつかないことをしようとしている私を憎むだろうか。でもこうするしかないんだよ、と私はゆっくり膝を折り曲げながら言い聞かせた。こうやってお前を手放せばみんなと同じになれるんだよ。お前の原形がなくなるまでとろとろに煮込めば、仲間と認められるんだよ。なんの根拠もない思い込みを信じる振りをして、私は今玉ねぎを見殺しにしようとしている。自分だけが合格し、謝罪マナーのようにあっさり生まれ変わろうとしている。

「いいんですよ。リスペクトがないならリスペクトがないって正直に言ってもらえれば」

これから始める捨て身のパフォーマンスを察知したマッスーさんが嘲《あざけ》るように鼻を鳴らした。

掃除が行き届いた床に両手を置くと、無垢材の感触がしっとりと手のひらに吸い付いた。額を床に付ける私の耳には、火力を最大限にされた玉ねぎの断末魔の叫びがいつまでもこびり付いていた。


［未熟さは誰もが感じるし、それをどう感じるかも本人次第。

大切なのは、ご自分がそれを自覚し、向き合おうとされていることなのではないでしょうか。

今回のことで私も多くの気づきがありました。

これからも学び、精進していこうと思います。

豊かな時間をありがとうございました。

だいなごんあずきさんもお体に気をつけて、健やかにお過ごし下さい☺］

画面をスクショしてからアプリを閉じ、液晶を暗くする。計十分にも満たない謝罪だった。土下座から顔を上げた時、そこには確かに見たこともない世界がＭＵＪＩカフェの磨かれたガラスよりもキラキラと輝いていた。白銀の尾根に匹敵するほど美しいＭＵＪＩカフェの店内に私の胸は打たれ、静かに震えていた。埃すらも光を纏って輝いていた。こんなことでこの光景が手に入るなら、額がなくなるまで地べたに擦り付けるべきだったのだ。もっと早く。

死角のような奥まった席で、人の目から逃れている空間だった。「そんなことされても意味ないんで」と拒絶するのも聞かず実行された私のセルフィッシュな土下座をマッスーさんは軽蔑し

たように見下ろしていたが、やがて感動に胸を詰まらせている私の目をじっと覗き込むと、

「……今後は、気をつけて下さい」

とだけ言い残して席を立った。渾身のパフォーマンスを本物の誠意と勘違いしたか、こんな人間にかかわってはマズいと判断したかはわからない。でも今回の件をネットには晒さないという約束をしてもらう前に、トレーを返却台に片付けたマッスーさんは振り返りもせず店を出て行った。

ひとり残された私はまだ続いていた感動の余韻に浸りながら、うっすら焼き魚の香りがする店内の空気を鼻から肺へと何度も送り込んだ。きっかり五分置いてから店を出ると、駅は依然ごった返していて、地下コンコースは通行量を完全にオーバーした人間達によっていくつもの動線が最短距離の激しい取り合いを繰り広げていた。通路の工事によって道幅が制限されるというアクシデントのせいで、誰もがギスギスした無表情で、自分の行きたい方向へ向かうために他人を次々と押しのけていた。目的を終えて急ぐ必要もなくなった私に対し、人々は舌を鳴らしたり身体を突き飛ばしてまで進路を作ろうとしたが、私は全くストレスを感じなくなっていた。

私は新しい私だった。

生まれ変わった私にはワンフロア降りるためだけにエレベーターの前にできた長々とした行列も、忙《せわ》しなく歩く人々の殺気立った表情すらも美しかったし愛おしかった。さっきまでの自分なら見ただけで気が滅入り足が竦んでいたに違いない満員電車にも、子供が遊具に飛び込むように駆け込んで乗車できた。私にはもう後生大事に守らなければならない玉ねぎがなかった。

他人と存分に身体を密着させ、摩擦し合うという快感。近くの親父から吐かれた息を私が吸い込んでまた吐き出してそれを親父が回収するという究極のエコシステム。酸欠状態によって頭が朦朧とし、まるで他者とひとつに結合していくような、生まれて初めての感覚に全身が包まれる。満員電車に自分を順応させることがこれほど気持ちいいとは。こんな充足感が手に入るのなら、私は何を犠牲にしてでも玉ねぎを手放すべきだったのだ。もっと早く。これまでの私はありもしない玉ねぎの幻想に翻弄され、自分で作り上げた玉ねぎというフィクションに何もかもを搾取されていたのだった。今ようやく、私は正しい世界の姿を見ることができる。ようやくありのままの世界を、他の人間と同じように感じることができている。玉ねぎと決別し、玉ねぎによる洗脳から完全に自由になった私は優越感や特別感を失ったことと引き換えに、あれほど怯えていた「フォロワーが少ない」という現実を心穏やかに受け入れることができている。フォローされなくてもいいじゃん。そんな自分で全然いいじゃん。そんなふうに自分自身を認められたお陰で、他人を愛し、感謝し、リスペクトする余裕さえ生まれていた。そうだ、私にはただ余裕がなかっただけだったのだ。親父の呼気をほぼダイレクトに吸い込みながら、「……フォロワー数0」と口に出して呟くと全身に力が漲《みなぎ》った。私は何を恐れていたんだろう？　過去の私は一体なんだったのだろう？

――今まで味わったことのない解放感だった。全方位から押し潰されてもストレスを感じない身体を手に入れた私は、しばらくその無敵状態に恍惚としていたけれど、乗客のわずかな隙間から覗く窓ガラスに映る自分の姿をなんとなく眺めているうち、何かの効果が切れたように頭の一部が冷め始めていくのがわかった。……無様でみっともない女だな。クソだな。窓を見つめてそう思った瞬間、世界は輝きを失って、密着している他人の肉が不快の塊に変わった。

やっぱりな。

頭の片隅で妙に冷静な自分が、他の乗客にもみくちゃにされている惨めで滑稽な自分を嘲っていた。まああんなことでこの不快でどうしようもない世界が一新されるとかあり得ないよな、どう考えても……。

うっとりと吸い込んでいた親父の呼気に吐き気が、生乾きの洗濯物を着ている若者に殺意が激しく込み上げる。だが私の身体は既に他者との境界を放棄し、結合し、自ら進んでこの大きな寄せ集まりの一部になろうとアメーバ化を始めていた。

誰よりも早く人間の尊厳を失った私は、遅れて進行中の仲間の衣服や手に絡みつきながら、重力に従って床にぼとぼとと垂れ落ちた。革靴やスニーカーやヒールの隙間をだらしなく広がって、電車がレールの継ぎ目を通過する際のがたつきを直接床からの振動で感じ取った。

私はこれからもフォロワーへの依存を止めることができないだろう。「こんなもの」と鼻で笑いながら、いいね！　の数に何よりも執着する自分をどうすることもできないだろう。自分でも、何故こんなに他人からの承認を必要とするのかわからない。何故いいね！　とフォロワーだけが自分を救えると信じているのかわからない。何故私は吐き気がするほど、震えるほど、見知らぬ人間から承認されたいのだろう。アメーバのくせに承認されたいのだろう。他人からフォローされるような存在になれれば、何かがマシになるとでも？

一瞬、このまま完全なるアメーバになってしまえば本当の意味で何もかも諦められるんじゃないかという期待が浮かんだが、すぐに消滅した。アメーバになったところで、私はアメーバのくせにフォロワーが欲しいと深夜二時にベッドの上でぶるぶる悶絶する、悲しきアメーバに成り下がるだけに過ぎなかった。それに私はアメーバにも劣る。アメーバのことなど本当は何も知らないし、あらゆる存在に愛も感謝もリスペクトもない私は食物連鎖の輪に入ることすら許されない。私は偽のアメーバだ。ニメーバだ。

電車が減速し、停車する。嘔吐物としてホームに吐き出された私の身体は多くのアメーバが目指していると推測される方向へとぶるぶる移動し始めた。エスカレーターをぶるぶる上がると、そこには更にいくつもの集合体が渦巻いていて、私の身体はその中でもひと際本流と思われる大きな動線に吸収された。

緑の丸は千代田線。茶色の丸は副都心線。紫の丸は半蔵門線……。改札を流れ出る手前で、前から来たアメーバの大群に摂り込まれる形でまた方向を変えた私の身体は、今度はどこまでも下がり続けるエスカレーターの段差を、溝に入り込んだ微細な汚れや固まってこびりついたゲロのカスなどを巻き込むようにしながらだらしなく垂れていく。赤紫の丸は大江戸線。最も地中深くを走る大江戸線。からあげクン臭いホームの二番線にちょうど到着した電車に私は流れ込んだ。電車が発車します。駆け込み乗車は……。このまま地中で蠢くものとして一生を終えるのも悪くない。二度と地上に戻らなくて済むなら、それはある意味で、救いだ。

少し前から何かがずっと震えていた。スマホなのかもしれないし、私の身体が承認されたくて、いいね！　が欲しくて震えているのかもしれなかった。

空気の対流によって、缶チューハイの中吊り広告が天井近くで微かに揺れている。私は顔を上げ、そこに印刷されたストロングＺＥＲＯの「ＺＥＲＯ」の文字を、誰かのAirPodsから漏れている動画の音声を聞きながら、ぶるぶるぶるぶると凝視していた。

（4988）

あと何度、私はここでこの曲を聞かされることになるのだろう。ド派手なピンクに彩《いろど》られた広告トラックが爆音を鳴らしながら、もどかしいほどゆっくりとした速度で目の前を通り過ぎていく。

素人臭い女達の底抜けに明るいコーラスがループし続けるその曲は、シンプルな作りの故に恐ろしい感染力を持ち、場に居合わせた人間の思考を蹂躙《じゅうりん》し麻痺させる。**そくじつ　たいにゅう　きゅうじん　バニラ！　きょうすぐ　かせげる　おしごと　バニラ！**……あと二度、このトラックが目の前を横切ったら即死。あるいは発狂――そう考えて恐ろしくなった私は意識をタイル貼りの歩道へと逸《そ》らした。晴れているのにスカートから出た足を撫でる風は冷たく、今週末にも秋冬物の衣服を実家に取りに行かなければなと考えて鬱が募る。

歩道は交通量の多い大きな交差点へと続いていた。少し向こうに見える色の剝げた陸橋は、明治神宮の敷地と代々木競技場第一体育館の入り口を繋いでいて、その真上にはやはり底抜けに明るい澄んだ青空が広がっていた。

その昔、誰かが「青空を見ると死にたくなる」とツイートするのを見つけ、ずいぶん陳腐な精神構造だなと鼻で笑ったが、今の自分もまた、この秋晴れの美しい青空に希望という希望が跡形もなく吸収され、もう下界には絶望しか残されていない。そんな気がし始めていた。広告トラックも危険だが、雲はもっと危険だ。凝視していると、どんどん悪い想像が止まらなくなる。

特にああいう、デジタル処理を施されたような真っ白な雲。こちらに迫ってきそうなモリモリした雲が私は怖い。じっと見ていると頭の裏側が痒くなり、隠された真実に触れてしまいそうな恐怖に胸がざわつく。しかし空に浮かぶ、禍々《まがまが》しく盛り上がっているあの白い塊を指さし、「モリモリしすぎて怖い」と誰かに訴えたところで、そんな女は気味悪がられて嘲笑され、精神科に行けとあしらわれるだけだろう。私のモリモリした雲への怖さは誰にも理解されない。だが、この気持ちを他人に共感されるために、他の言葉に言い換えるつもりもなかった。そんなことをすれば、私の伝えたかった〈モリモリした怖さ〉の〈モリモリ感〉は失われ、もう二度と〈モリモリ感〉は私の元へ戻って来ないだろう。

原宿駅前の歩行者用信号機の根元には多くの人間が溜まっていた。年齢も国籍も性別すらも不詳の彼らは間欠的に車の流れを堰《せ》き止めて、横断歩道へと一気に排出される。ぞろぞろと車道を渡ってこちら側に辿り着いた彼らは一階に薬局の入ったビルの角で二分されることになり、左ならば竹下通り。右ならばこの寒空の下、間抜けに突っ立っている私の前をもれなく通り過ぎることになる。

ラフォーレ原宿。表参道ヒルズ。そういった煌《きら》びやかな場所へと続くこのタイル貼りの歩道をそぞろ歩く彼らは、スカートから覗く生足に鳥肌を浮かべながら綿あめを買うための行列に並んでいる私を見て、一体何を思うのだろう。珍しいポップアップストアに誘蛾灯のように引き寄せられた賤《いや》しい暇人？　さっきから通り過ぎる人々の口元が皮肉に歪み、私を蔑《さげす》んでいる気がしてならない。あのお揃いの黄色い帽子を被ったネパール系の外国人の幼い兄弟もHAHAHA……と私を嘲笑っているに違いない。私もこちら側の人間に自分がなってみるまではそうだった。行列に嬉々として並ぶ人間を見下し、優越感に浸り、HAHAHA……と心の中で抱腹していた。

家を出る時にリップをバッグに入れ忘れたせいで唇が乾いていた。小さく舌打ちをしてスマホの時計を見ると、この場所に立ち始めてからもうすぐ十分が経過しようとしていた。店内までお客はあと十一組。並んでるように見えたけど実際はそこまで時間がかからなかったよねという展開を密かに期待していた私は、先ほどから綿あめよりも甘かった己の考えに静かに打ちのめされていた。いっそこのまま列から華麗に離脱しようかとも思うが、ここまで並んでおいて、という貧乏じみた考えに両足を固定される。「こちら最後尾です」と書かれた札を持っているうさぎと猫をミックスしたような得体の知れない着ぐるみにクレームを付けたい衝動が湧くけれど、列を抜けた瞬間に割り込まれる絶対に誰かに割り込まれる！　という不安から迂闊に動くこともできない。せめて周りの人間とこの苛立ちを共有したかったが、前は色違いのボーダートップスを着た恥の塊のようなカップルだし、後ろは男ひとりで夢色の綿あめを買うような変態不審者だしで、そもそもここに並んでいる全員、待たされることがむしろ喜び、という特殊な人種であるのだと思い出した。

体の右側よりも左側がすうすうと冷えるのは、人々の無遠慮な視線が突き刺さるから？　風上

から漂う焦がした砂糖の匂いに顔を背けながら、せめて時間をできるだけ有意義に使おうとスマホを起動した私は、

〈自分に足りないもの〉。

とタイトルがついた白いメモ帳のアイコンをタップした。〈フォロワー〉〈人望〉〈知性〉〈センス〉〈誠実さ〉〈カリスマ性〉……。画面上にはコンプレックスを刺激する言葉の数々が、ことと同じように長蛇の列を形成していた。

〈人望は財産！〉〈フォロワーが全てではない〉〈本当の自分という幻想から放たれよ！〉。要所要所に挟み込まれたアファメーションと一緒に、尽きることのない己に足りない要素の箇条書きをざっと上に流していく。長蛇の列の最後尾までスクロールし終えた私は、そこに並んでいた大きな赤文字をじっと見下ろした。

〈原、宿〉。

——一体、エチゾラムを多めに飲んで寝る直前の私は何と繫がって、自分には〈原宿〉が足りないと書き込んだのか。起きてから、何故かこの言葉だけわざわざ手書き機能を使ってまで直接書き込まれていることに気づいた私は、そこに何か人智を超えたものの介入を感じずにいられなかった。書いた記憶は全くないのに、紛れもなく自分の筆跡。今もじっと見ているうち、首の裏の毛穴が開き出して霊的な世界と接続するような感覚に襲われる。私には原宿が足りない。私には原宿が。呟いてみると、確かにそうとしか言い表せない生き方だったとしか思えない。目に見えない存在の力を感じていると、

「あの。前」

そう唐突に背後から声を掛けられ、どきりとした。

顔を上げて目を疑う。あれほど遅々としていた列が急に前方に進んでいる。慌ててメモアプリを閉じた私は「すみません」と小声で言い捨てて、カップルの背後に不必要なほど詰め寄った。スマホをしまい、考える。おそらく後ろの男は私が五分ほど前に、前のカップルに横柄な態度で列が開いたことを注意したのを目撃していたに違いない。あえて全く同じ文言を使用することで、私に恥をかかせたかったのだろう。やはりこの世は不快な場所だ。不愉快な場所だ。唾を吐き捨てたい衝動に駆られながら、パステルカラーに彩られた気色の悪い看板のメニューを見つめていると、

「なんか、急に進みましたね」

と背後で再び声がしたので、私は少し考えてから「そうですね」と当たり障りのない反応を返した。

「てか、さっきまで遅すぎでしたよね」

「あー。そうですね」

だからなんなんですか？　という意味を込めて背後の男を目の端に入れる。先ほどから頭をブルーハワイ色に染めた男が後ろにいるのはわかっていたが、綿あめをひとり行列に並んでまで買う人間などどうせ変態だと決めつけていた私は彼の、滑らかで木目の細かい白い肌を見て思わず息を呑んだ。

服装を除けば、女性と見間違えてもおかしくないような中性的な容姿の人間だった。身長は私よりやや高いが、華奢で小柄。全ての歯が生え揃っているとは到底信じられない顎の細さにどきりとし、あからさまに好奇の眼差しを向けてしまったが、男は慣れているのか気にならないようだった。くすんだ青色のビッグシルエットのパーカーにパンツというラフな格好なのに垢抜けて見えるのは、眉の手入れの加減にセンスを感じるからだ。水色一色だと思っていた髪は、よく見ると明るい水色が毛先にかけてブルーグレーに変化している。シンプルだけどこだわりのありそうな白いスニーカーは高価そうで、小ぶりなピアスが耳たぶで光っていた。

「こっからガシガシ進みますかね？」

男というよりは男子、と呼んだ方がしっくりくるあどけなさだった。まるで友達に話しかけるような屈託のない口調に、全身どこを探しても屈託しかない私は本能的にジェネレーションギャップを感じつつ答えた。

「……あー。どうなんですかね。多分、わざと行列作ってるみたいな感じなんで、そんな変わらないと思いますけど？」

手口はナンパだが、相手のセクシュアリティがわからないため警戒しすぎても恥ずかしい。そう考え、首筋に手を当て無愛想な態度を続ける私の前で、

「え。あ。やっぱこれ、そうですよね？　絶対わざとですよね？」

と男子ははしゃいだような、憤ったような声を上げた。スカイブルーのカラコンが、頭上で広がる空のように彼の瞳を鮮やかに覆っている。

眉をハの字にした男子は「マジかーどうしよ」と呟きながらスニーカーの爪先を紫色の人工芝に軽く打ちつけ始めた。チェリーピンク色に塗られた男子の唇が、「すみません、お願いがあるんですけど」と動いたので、私は黙って視線を上げた。

「実は自分、さっきからずっとトイレ我慢してて……トイレ借りてすぐ戻って来るんで、その間、ここ取っておいてもらうことってって無理ですかね？」

男子の手が申し訳なさそうに顔の前で合わさった。ネイルサロンで整えているに違いない形のいい爪の上で、ネイビーのジェルネイルが控えめに光っている。

「……いいですけど。でも、私より後ろの人に了承もらった方がよくないですか？」

そう言って私は後方の黒縁メガネをかけた二人組の女子を見やった。その瞬間、彼女達の口からアクセントの強い中国語らしきものがこぼれ、私と男子の視線が申し合わせたように重なり合う。

「……あー」

「ツレってことにしてもらう方が、話早そうかなって」

「いいですか？　すぐ戻るんで。ちょっと自分、店の人にトイレ借りれないか聞いてきます」

よろしくお願いします！　頭を下げた男子は言い終えるより先に列を抜け出していた。二人組の視線を感じたような気がして、さりげなく前に向き直る。軒先に掲げられたメニューを視界に入れていると、早々と店から出てきた男子が戻ってきて、

「駄目でした」

と悲しげな表情で報告した。

「そうですか」

「貸せない決まりになってるって。駅に行って借りたらいいんじゃないかって言われました」

そうですか。じゃあ行って来たらいいんじゃないですか？　私が素っ気ない態度でそう返すと、男子は「いいんですか？」と大袈裟に顔を輝かせた。

このまま尿意を我慢した人間に後ろに並ばれ続けるのはさぞ煩《わずら》わしいに違いない。そう思い、どうぞ。私は端的に答える。

「ありがとうございます。じゃ、駅まで行ってきます。あそこのトイレ、きれいなんで」

男子はそう言って再び列を抜け、原宿駅の方へ走り出した。おそらく立ったまま用を足したことなど一度もないのだろう。トイレの清潔さにこだわるあたりが今どきの若い男だなと思っていると、歩行者用信号がタイミングよく青に変わり、水色の頭はあっという間に人混みに紛れた。

ああいう人間がフォロワーに一生不自由しないのだろうなと思い、そして何故、私は見ず知らずの人間に親切にしているのかと首を捻った。「他人は必ず自分を拒否しないはず」。「受け入れてくれるはず」。そう信じてやまないあの手の人間は、本来なら決して好きになれないタイプだ。にもかかわらず彼の頼みをこうして聞いているのは、私が男子の存在に〈原宿〉そのものを感じ始めているからかもしれなかった。

この土地から発信される胡散臭いものを、砂糖と一緒に煮詰めてドロドロにしたような毒々しさ。男子はそれを全身で体現していた。色で溢れ返る狂騒的なこの街に息をするように溶け込んでいる男子と、今も強烈な疎外感を抱き続けている私は生き物としてあまりにかけ離れている。

芸能事務所のオーディションの看板広告が貼られた原宿駅のホームに降り立った瞬間から、私は自分がまるで綿あめのなかに紛れ込んだ雲になったかのようなフェイク感に苛《さいな》まれ続けていた。

吸い寄せられるように頭上に目をあげ、白い塊に一心不乱に目を凝らす。言い知れぬ不安に襲われそうになっていると、

「ありがとうございました」

と声がして、いつの間にか両手にプラスチックのカップを持った男子が後ろに並んでいた。

「お陰で助かりました」

「いえ。別に何もしてないんで」

後方の二人組の視線を避けるように素っ気なく返事をすると、軽く息を弾ませた男子は「これ」と言ってプラスチックのカップを差し出した。

「駅のコンビニで買いました。お礼です」

カップには紙製のストローが既に刺さっていて、先端の部分にだけ手で切り取ったと思われるストロー袋の一部が残されていた。男子は私の目の前でその切れ端を抜き取り、「どうぞ」と改めてカップを差し出した。コミュ力の高さを見せつけられる。

「……ありがとうございます」

こんな寒空の下並んでいるのだからホットがよかったと思いつつも、喉が渇いていたのでおとなしく受け取る。うっすら汗をかいているプラスチックカップを持って初めて、カフェラテだと

思い込んでいたものが別の飲み物であることに気がついた。

「タピオカです」

視線を上げると、男子がスカイブルーの瞳をこちらに向けて涼やかに微笑んでいた。「黒糖わらび餅タピオカミルクティーです。おすすめです。あ、甘いもの、大丈夫ですよね？」

いいえ、駄目です。甘いものを見るだけで全身に発疹があらわれて吐き気と頭痛と歯痛に襲われて脛《すね》の古傷が疼《うず》きます。原宿にいるのだから、綿あめの列に並んでいるのだから、タピオカが飲みたくて仕方ないだろうと信じ切っている男子に思わずそう答えてやりたくなる。

原宿感を求めてたまたま目についたこんな行列に並んだばかりに、男子は私をただのスイーツ好きインスタ女子、という色眼鏡で見たに違いなかった。この男はこれから私に対し、ミーハーな女に向けた言葉だけを吐き続けるに違いない。だからと言って本当はタピオカなど虫唾《むしず》が走るほど嫌いだとぶちまけて、その属性からはみ出る気にもなれなかった。この男とたまたま行列に居合わせた他人同士という一線を越えたところでなんになる？　他者とのコミュニケーションの不毛さは常に私に言いようのない徒労感を植え付けるだけだ。

「……ありがとうございます」

口周りの筋肉だけを動かして礼を言い、相手が何か話し出すより先に通常より太めの赤いストローで自分の口を塞いだ。タピオカが好きでたまらない女。そう見えることを願いながら一気に啜《すす》り上げると、勢いが良すぎたのか弾力のある柔らかいものが激しく口の中に流れ込み、やや遅れてやって来た甘さに脳みそが壊死しそうになった。

「あ。なんか、大丈夫ですか？」

ぶよぶよしたものが思いきり気管に詰まり、体を折り曲げて苦しむ私に男子は驚いた様子で声をかけた。人工芝に口から透明の糸を垂らしながら白いスニーカーの爪先を視界に入れていると、え。いいんですか。ありがとう。センキュー。頭の上でそう声がして、男子が後ろの二人組からポケットティッシュを渡されていた。数枚抜き取られた中身が、まだ目に涙を溜めている私の顔前に「どうぞ」と差し出される。ゆっくり身体を起こした私は風で微かになびいているティッシュを無言で受け取った。

「タピオカって飲み込みにくいですよね。自分も前、喉に詰まって死にかけたことがあったんですけど――」

男子の口からさりげなく語られる失敗談を聞きながら、やはり目の前の人間はコミュニケーション強者だと確信する。

「あ。まだ使います？　良かったらこれ、全部どうぞ」

「……ありがとうございます」

タピオカが好きすぎて一気飲みしたら咽せてしまった女。そう見えることを願いながら受け取ったポケットティッシュには、見覚えのある求人サイトの広告が挿入されていた。ピンク一色の背景に「#高収入」「#高待遇」の文字。どれだけテクノロジーが発達してもティッシュ配りは無くならないのだな、個性的なファッションでキメた人々にもやはりポケットティッシュは必要なのだな、と思いながら駅前の配布スタッフの脇を通り過ぎた記憶が蘇る。

「自分、そういう系の広告トラックって昔から絶対目で追っちゃうんですよね。その求人のトラックはこの辺でほんとよく見かけるし、あ、あとマッチングアプリのやつとか、ホスクラとかキャバクラも一日中走ってるじゃないですか。あれ系の、洗脳系の歌とかマジで頭から離れなくて……あ、そういえばこの辺でマリオカート乗ってる外国人って、海外から来た旅行客だって知ってました？　自分、それこないだ初めて知ったんですけど。でも言われたら確かにコロナの時、ひとりもいなかったわーと思って」

「原宿に、よくいるんですか？」

「あ。自分ですか？　そうですね。地元なんで基本いる感じです」

私はカップを口元まで持っていき、赤いストローの先端をこっそり歯で噛み潰した。こうすれば中身が出てくることはない。

「私、原宿にほぼ来たことないんです」

タピオカを啜っているふりをして思いきって打ち明けると、

「あ。そうなんですね」

と男子はこちらを見もせずに頷いた。

「じゃあほぼ来たことないのに、お姉さん、今日はわざわざ綿あめを買いに来たんですか？」

「綿あめが目的だったわけじゃないですね。こういうもの買えば、原宿の、原宿的な成分が自分にも行き渡るかなと思ったんです。私には〈原宿感〉が足りないので」

彼ならば私の話を笑わずに聞いてくれるかもしれない。彼ならば私に〈原宿〉を与えてくれるかもしれない。そんなはずがないと知りながら、ストローを勢いよく上ってくるタピオカのように言葉を抑えることができなかった。

「え。てかお姉さんの言う〈原宿感〉ってなんですか？　原宿的なファッションしたいってことですか？」

「いや。そういうことじゃないですね」

「えー。じゃあなんだろ。アクセとか？」

「いえ。もっと精神性の話です」

セーシンセー？　セーシンセー？　間抜けに首を傾げたまま、今にもスマホで〈精神性〉をせこせこと検索しそうな勢いの男子をしばらく眺めた私は、「すみません。もういいです」と告げて前に向き直った。

——私の他者への期待はこうやって常に失望に変わる。この人ならば、などと淡い期待を抱いては裏切られの、果てしない繰り返しだ。

お陰で私の身体は希望を見出した瞬間、失望に備えるようになってしまった。どうせ裏切られる。そう知っているから男子が他の人間と一緒だとわかった今、これでもうこの男に過度に期待して傷つくことはないと、安堵さえ覚えている。

初対面の人間をお姉さんと呼ぶような男に一瞬でも期待してしまった自分が恥ずかしくなり、誤魔化すようにフォロワー数をチェックする。乾いた唇に強く指をあてていると、

「すみません。駄目だなって思ったんですけど、さっき見ちゃいました」

という声がして私は無言のまま背後を振り返った。

「この癖、マジで直さなきゃって思ってるんですけど、でも自分、人がスマホとか触ってるとどうしても見ちゃうんですよね。広告トラックと一緒で反射的に目で追っちゃうんですよね」

「……見たんですか？　私のスマホ」

「あ。はい。見ました。なんか、メモのやつ」

驚きを隠せない私を前に、男子はあっさりと頷いた。メモのやつ？　メモアプリ？　脳内のアーカイブを高速で検索し、〈自分に足りないもの〉というタイトルをつけたメモを開いていたことを思い出す。目を見張るのとほぼ同時に、

「足りないもの、ありすぎじゃないですか？　ありすぎて、だから、全然読めてないんですけど」

と男子が反省している人間なら作り出せるはずもない微笑みを浮かべた。

「あ、でも〈カリスマ性〉と〈人望〉は読めましたね。〈フォロワー〉もいちばん上に書いてあったからギリ読めました」

誰の目にも触れるはずがないと思って吐き出された幼稚な妄言を、見ず知らずの他人の口から聞かされて耳がジンジンと熱くなる。羞恥と混乱で絶句している私を眺めていた男子はストローから口を離して、ふと尋ねた。

「お姉さん、フォロワーが欲しいんですか？」

「……」

そんな質問を他人に邪気なく放ってしまえる男子の屈託のなさに、下瞼がピクリと痙攣する。今のは、腐るほどフォロワーを持つ身分の人間にしか放つことのできない言葉だ。フォロワーが少ないという苦しみがこの世に存在することすら想像したことのない、恵まれた人間の。

「そうですね。頑張ってるけど全然増えないんで……」

男子の目が嘲りの形になっていないかを注意深く確認しながら、かろうじて答える。口だけで笑顔を作る女が興味深いのか、男子は不思議な生き物でも観察するような目つきを向けたまま唇を開いた。

「そうなんですね。なら、あれとかいいんじゃないですか？　髪の毛とか」

「……髪の毛？」

「やっぱ垢抜けてる感て大事じゃないですか。ピンクとかシルバーとか？　思いきって三色にしちゃえば、それだけで今よりはフォロワー絶対増えますよ。まあ即効性あるぶん、すぐいなくなっちゃうかもですけど……」

語尾に（w）のついた喋り方と能天気さが可笑しくて、鼻の奥が疼く。この男は治らない傷口のように私を苦しめ続ける承認欲求が、ド派手なカラーリングで解決できると思っているのだ。私がどれほどの羞恥心に炙《あぶ》られながらフォロワーを渇望しているか、知らないくせに。

だが私を色眼鏡で見てくるやつのことなら、私も遠慮なく色眼鏡をかけて見ることができる。原宿にいる、髪色が水色のジェンダーレスな人。そう男子を固定して、思う存分、偏見を押し付けることができる。この後に続くのはミーハースイーツ好き女子と、原宿系ジェンダーレス男子が織りなす、惰性でスタンプを送り合うような虚しい会話だろう。そう思いながら私は満面の笑みを作った。

「あー、いいですね！　確かに私に足りなかったのはカラーリングだったなって、なんか今、全てが落ちました！　マジでフォロワーが増える気しかしない。綿あめ買ったら私、ソッコーで美容室行ってきますね！」

自分を殴っている感触しかしない言葉を吐き終えると、スマホに親指を滑らせながら男子が言った。

「お姉さん、行きつけのサロンとかってあるんですか？」

「……や、特には」

「じゃあ、これから探すんですか？」

「……そうなりますね」

「え。マジですか？　じゃあ自分が行ってるサロン、ちょうどこの近くにあるんで紹介しましょうか？　カラーは下手なとこ行ったらマジで後悔しますよ。ここ、原宿で超絶カラー上手いサロンなんで」

ほら。そう言いながら差し出された男子のスマホには、頭頂部から上半分の毛髪を真鯉のような漆黒、下半分を緋鯉のような朱に染めた男子の友人らしき若者が写っていた。鼻にピアスを貫通させ、tattooを全身に入れてスカートを穿いている友人の性別は、もはや写真ではわからない。

「もし本当に行くなら予約、今、取りますよ？　ここ、友達がひとりでやってる店なんで」

あー、お願いします。そう答えながら私は手にしていたカップをぎゅっと握りしめた。このまま行きたくもない美容室に行くことになるかもしれない展開を想像し、膝が震える。

「あー。そうそう、ひとりなんだけど。カラーリング。……えっ、いける？　嘘。マジで？　あー待って。名前と電話番号ね。えっと？」

視線を注がれ、咄嗟に「イオキベです」と答える。五百の旗の頭、と書いて五百旗頭。どうせ行くつもりもない美容室など偽名で十分だ。そう思いながら、髪の毛を三色に染め上げて原宿の街を闊歩する自分の姿が脳裏から離れない。そんなことをしても世界は変わらないし、私も変わらない。でもただのカラーリングではなくアフロだったら？　右サイドがアフロで、左サイドが丸刈りだったら？　私は過去の私と決別できるのだろうか。どんどんと膨らむイメチェンへの期待を必死で抑えていると、通話を終了した男子が「珍しいですね、苗字」とスマホをパンツのポケットに滑り込ませた。

「十五時から予約取れました。何色にするかとかも相談乗ってくれるんで、全部聞いちゃった方がいいですよ。とりあえず〈原宿感〉全開で、って頼んどきました。あとは……そうですねー」

まだ会話を続けるつもりらしい男子は軽く伸びをしながら「フォローバック？」と付け足した。

「……それってフォローしてくれたお礼に、相手をフォローし返すやつのことですよね？」

「そうそうそう。あれ、自分もたまにやるんですけど、そうすると結構自分のフォロワーが相手に興味持ってそのままフォローしてくれてますよ。そういうの死ぬほど頼みまくるとか？」

「じゃあまずフォローバックしてくれる人気者と知り合うことからですね」

常軌を逸したイメチェンを施した自分の残像とまだ戦っていた私は、下々の人間の生活など知らない男子に向かって投げやりに答えた。

「自分、こう見えて結構いるんですよ、フォロワー。だからしましょうか？　フォローバック」

は？　思いも寄らない男子の提案に、思わず間抜けな声が漏れた。遅れてやってきた、喉から手が出るほどフォローバックして欲しいという気持ちとそこまで哀れまれている屈辱との板挟みで、スイーツ好きインスタ女子の設定が一瞬、ブレる。相手の目的がナンパなのかサロンの勧誘なのか度を超えた親切なのかがわからないせいでそれ以上何も言えずにいると、男子が水色の毛先が当たるほどの距離まで顔を寄せてきて、

「だって死ぬほど欲しいんですよね？　フォロワー」

と私にしか聞こえない声で囁いた。

「……なんですか、それ？」

声が上擦らないようにどうにかそれだけを聞き返す。誰にも打ち明けたことのない願望を唐突に言葉にされ、頭の中がまっ白になっている私に、男子はきれいな横顔を代々木第一体育館の上空付近に向けながら答えた。

「なんでって。お姉さん、自分で書いてましたよ。〈死ぬほど欲しいと思っているうちはフォロワーは増えない〉って」

突然、何もかもが最初からこの男に仕組まれていた陰謀に思え、相変わらず空を眺めているその美しい顎のラインを見つめると、視線に気づいた男子が私をじっと見つめ返した。スカイブル

ーだった男子のカラコンが光の加減でグレーに変化している。……初めから、この目で男は私を見ていたのだろうか？　明るいスカイブルーではなく、くすんだ暗いグレーの瞳で。動けないでいる私の耳に、交差点の方から聞き覚えのある歌がうっすらと流れ込み始めていた。何もかもを荒々しく蹂躙し、破壊するようなあの歌。聞くものの正気を失わせるために作られたあの歌が、次第に大きくなっていく。

バーニラ　バニラ　でかせぎきゅうじん！　バーニラ　でかせぎこうしゅうにゅう！　バーニラ　バニラ　でかせぎきゅうじん！　りょこうのついでにアルバイト！　……伝染病のようなフレーズを永遠にリフレインし続ける広告トラックがゆっくりと近づいて、目の端を通り過ぎようとした、その瞬間だった。

この男子に、私が感じているモリモリした雲の怖さについて話してしまいたい、という強烈な衝動が身体の奥底から突き上げた。モリモリした雲の、モリモリ感。あのモリモリが怖いと、あのモリモリが不吉で堪らないと、私が今ここで何にも属さない私だけの言葉を発したら、この男はどういう目で私を見るだろう。精神科を予約しろと嘲笑う？　それとも……。お互いの目を見つめている間、二人だけが曲の中に包まれているような、閉じ込められているようなディストピア的世界の存在を確かに感じた。男子が目を逸らさぬままストローをまた口に含んだのを見て、舌が強烈な甘ったるさに襲われる。薄い喉仏の上下運動とともに、ドロドロになったタピオカが自分の中に激しく流し込まれる。タピオカの甘さに舌の痺れが限界に達しそうになった直前、男子がストローからすっと口を離し、

「ほら。あそこ」

と車道に指を向けた。振り返ると、ゲームキャラに扮した外国人達がゴーカートのような乗り物を運転し、公道を連なって走り抜けていた。

「ああいうのに乗ったら、お姉さんの〈原宿感〉増すんじゃないですかねー？」

男子は取り出したリップを塗り直しながら語尾をあげて笑った。予約してみたらいいんじゃないですか？　日本人乗ってるとこ、見たことないけど。

私はチェリーピンク色の唇を瞬きもせず見つめたまま答えた。

あー、そうですね。映《ば》えそうだし今度あれに乗ったところインスタにあげてみまーす。


光の加減でまたスカイブルーのカラコンに戻った彼の手の中でスマホが鳴り、そのまま誰かと会話をし始めたので、私は黙って前に向き直った。念の為フォローし合う時のためにとインスタのアプリを開いてしばらく待っていたが通話が終わる気配はなく、私は静かにアプリを閉じた。自動ドアまであと二組になった頃、私達は行列でたまたま居合わせた他人以外のなにものでもなくなっていた。

でも、何ひとつ問題はなかった。

ディストピア的世界の存在など初めからなかっただけのことだから。

他人への失望を受け入れる速度に虚しい自負のようなものを覚えながら、私は今度こそ視線を看板のメニューへと固定させた。

えー。やっぱ四色にしようかなあ。さっき三色に決めたって言ってたじゃん。そうなんだけど、やっぱり水色も可愛くない？　でもさあ……。店内まで、あとひと組。今更になって注文の品を迷い出した色違いボーダーカップルの背中を眺めるうち、やはり原宿に来たこと自体が間違いだったと私はほぼ確信していた。どれだけ行列に並んで流行りの夢カワ系スイーツを手にしたところで私の原宿感は埋まらないし、髪の毛をカラーリングしたところでＳＮＳ強者にはなれない。男子に雲のことを打ち明けずに済んだことだけが唯一の救いだった。

　結局、私のような人間は色眼鏡のお陰でギリギリ社会にいられるのだろう。裸眼で直視する対象として、フォロワーを渇望する私の姿はあまりに歪《いびつ》で醜悪だ。広告トラックのように異質で異様で、世間の耳目を脅かす。

「病気の妹に買うんです」

　そう声がして私がぼんやり顔を上げると、反射した自動ドアのガラスに、スマホを耳から離した男子が映っていた。微笑みを完全に顔から消した男子はガラスの中の私をまっすぐ見たまま、口を開いた。

「妹が入院してて今度手術するんです。食べても食べても吐くから、もうずっとおかゆみたいなドロドロのやつしか食べさせてもらえないんです。甘いものがいいって泣いて、わかったにいちゃんが買ってきてやるよって約束して、今日、綿あめ買いに来たんです。綿あめが妹のいちばん好きな食べ物で、ピンクと紫と水色のミックスの味が世界でいちばん美味しいって言ってました」

「……妹さん、なんの病気なんですか？」

「胃腸炎です」

男子と私の視線がガラスの中で重なり合った。男子のカラコンがまた知らない色に見えた気がしたその時、ブゥンと自動ドアが開き、巨大な綿あめを手にしたボーダーカップルが嬉しそうに私の脇を通り過ぎた。

無言のまま、私は吸い込まれるように店内へと足を動かした。

「いらっしゃいませー」

アニメのような喋り方の店員の声に迎え入れられるのと同時に自動ドアが背後で閉まる。私達の間に一瞬でもあったかもしれない繋がりがその瞬間、永遠に断ち切られる。これでもう二度と、私達が色眼鏡を外してお互いを見ることはなくなった。私達が行列の前後に並んだ他人以上の関係になることは二度と、ない。

「ご注文はお決まりですか？」

「この最強五色ＭＡＸ盛りで」

レジカウンターに置かれているメニューをほぼノールックで指さした。ザラメの甘ったるい匂いを嗅ぎながら注文の品が来るのを待っている間、あの男子にフォローバックしてもらい、自分にフォロワーが増えていたかもしれない未来を想像し、自分が失ったものの大きさに膝が震えた。

「お待たせしましたー。最強五色ＭＡＸ盛りです」

ようやく手渡された綿あめは見たこともないほど特大のサイズだった。そのデカければデカいほど話題になるよねウケるよね、という浅はかな店側の思惑にまだ一口も食べてないのに胸焼けしそうになるが、お陰で私は店を出る際、顔を隠すものには困らない。ブゥン。と自動ドアが開き、出ていく私と入れ違いにあの男子が入店する。ピンクと紫と水色の三色を。妹にメッセージ付きで。ドアが閉まる間際、そう注文している彼の声が聞こえたような気がしたが、空耳に違いなかった。彼に病気の妹などいないし、いたとしてもあの男は「髪の毛が水色の、原宿系ジェンダーレス男子の人」だ。その属性以外は認めない。

イカれたサイズの綿あめ片手に原宿の街を歩く私は、巨大でファンシーなこん棒を握りしめた凶悪な鬼。邪魔な通行人は片っ端から撲殺していくのが日課だけれど、このこん棒に着色されたフィクショナルな夢色のお陰で、誰ひとりこれが血塗られた禍々しい凶器であることに気づかない。竹下通り。ラフォーレ原宿。このあと私はいちばん最初に目に入った知らないサロンに飛び込んで、髪の毛を誰も見たことのない色に染め上げるだろう。そのままクレープの列に並び、パンケーキの列に並び、ケバブの列に並ぶだろう。結局、自分に〈足りないもの〉など幻想だった気がしてならない。その他のものは足りている、という前提自体が幻想だった気がしてならない。

人に幾度もぶつかりながら竹下通りを抜け、明治通りまで出たところで顔を上げる。向かいのビルの看板にはNEW BALANCEの広告。車道にはホストクラブの広告トラック。一メートル以上はありそうな人間離れした名前のホストのドアップが、腹に響く低音のビートとともに私の視界をカツアゲしていく。

溶けた氷で薄まった白い液体の捨て場に困った私は、履いてもいないスニーカーの靴紐を結ぶふりをしながら信号機の根元にしゃがみ込み、さりげなくそれを放置して立ち上がった。ホストのビートを掻き消すように、またどこかから聞き覚えのあるあの歌が流れてきて、その瞬間、思い出す。昨日メモを閉じて寝ようとした間際に母親から電話が来て、「知り合いの原さんに宿を探してほしい。絶対に忘れないで。メモして」と頼まれたことを。

バーニラ　バニラ　バーニラきゅうじん！　バーニラ　バニラこうしゅうにゅう！　バーニラバニラ……毒々しいピンク色の鉄の塊が通り過ぎるのをじっくり目で追ってから、私は排出される人々に紛れて横断歩道を渡り始めた。

歩き出してすぐにもうひとつ大事なことを思い出す。あと二度、あのトラックが目の前を横切ったら即死。あるいは発狂——横断歩道の途中で、私は立ち止まった。右手に握りしめている夢色の綿あめがモリモリしている気がして、モリモリし過ぎている気がして、信号が点滅を始めているのにどうしても足を動かすことができない。

（5015）

呼び出し番号が印字された薄っぺらい紙切れを握りしめた私は、ベンチにずらっと並ぶ客達の頭を見下ろして思う。何故この生き物は日曜の午後三時から回転寿司を食べようなどとイカれた発想に至ったのだろう、と。

例えば、あの最前列でいちゃついているカップル。例えば、この入り口壁沿いの長ベンチを占領している家族連れ。他に愉しみなど何もないと宣言しているに等しい凡庸な笑顔を浮かべた彼らには100％の憐れみを抱かずにいられない。

気の弱そうな家族連れの父親が装着したストライプ柄の抱っこ紐の中には、まだ毛髪もろくに生えていないような乳児の頭が見えている。ねえねえお母さん、まだあー？　母親の隣に座っていた小学校低学年くらいの吊り目の少女がベンチからはみ出た足をぷらぷらさせながら言うと、もう三時間は待ってるんですけどおー、とその逆サイドに座っていた、少女そっくりの少年が叫んで母親の手元を覗き込んだ。暇だからスマホ貸して。そう言って手を伸ばした少年に、先ほどから取り憑かれたように画面上で指を動かしていた母親が、あ、ちょっと！　と声を荒げる。容赦のない加減で振り下ろされた手がツーブロック風に刈り上げられた少年の後頭部に叩きつけられ、冷房の効きすぎた店内に、パシッと甲高い音が響いた。あんた、何やってんのっ？　だって待ち時間長すぎんだも〜ん。

未だかつて、一度たりとも結婚というファンタジーの必要性を感じたことのない私には、一体どんな事情があれば日曜の午後三時にファミリーで寿司でも食おうか、という流れになるのか想像もつかない。さっき母親があのベンチで乳児のオムツを堂々と交換し始めた時も、自分とは別の生命体を体内に宿し十ヶ月近く過ごしてきた女というものはやはりまともではなくなるのだな、と目を見張らずにいられなかった。

そんな女の膣を裂傷させて、血みどろになってこの世に生まれてきた子供達が業を煮やした様子でベンチから立ち上がった。お揃いのE.T.のプリントTシャツを着た兄妹はまっすぐ私の方へと近づいてくる。彼らの目的がさっきから自分が寄りかかっている背後のガチャガチャ台であることを察した私は二度舌を小さく鳴らしてから場所を空けてやった。眉尻に行くほどに毛の流れが広範囲にぼやけていく特徴的な眉毛の兄妹は、特に礼を言うこともなく台の前にしゃがみ込んだ。

ねえねえお兄ちゃん。ほらやっぱこれ、天敵コレクションだよ。天コレ。新しい種類追加されてるよ。え、あ、ほんとだっ。俺、これ絶対欲しいわ〜。

二段に組まれた十数台のガチャガチャガチャ台に寿司屋の壁はぎっしりと埋め尽くされていた。飲食店にあるガチャガチャコーナーを見ると、セックスしながら飯を貪る人間を想像してしまうのは何故だろう。客の食欲を満たしつつ同時に物欲を煽ろうとする、その卑しい商法には心底うんざりさせられる。欲望と欲望のコラボにまんまと踊らされ、目をギラギラさせている子供達にも頭の上から唾を吐きかけたくなる。よく恥ずかしげもなくそんな浅ましい姿を人様の前に晒せるな。そう軽蔑し切っていると、

「あ、ミクルちゃん。空いたよ。隣」

とベンチの方から声がした。

この時間帯の回転寿司屋に待ち客四組という状況に対しても、「みんな、お寿司が食べたいんだね」の一言でスルーさせたソラは、あの家族連れの隣に腰を下ろし、スマホを視聴していた。上部では知り合いとのトークルーム。下半分ではYouTuberのライブ配信と、Netflixで話題のゾンビドラマが画面を仲良く三分割している。俯いているソラの表情は窺えないが、いつも通り何も映していないような、あの澄んだ黒目が画面を見据えているのだろう。液晶を滑る彼女の指先に塗られたMACCHA色と同じ色が、私の爪にも光っている。

ソラの隣に腰を下ろして待っているとようやく番号が表示され、私達はベンチから立ち上がった。

「行こっ」

「うん」

私達は腕を組んで店の奥へと進んだ。白いニットと白いデニムスカートに黒ブーツ。今日も完璧な双子コーデのおかげで、スペックの高いソラはほとんど私のアバターに見える。

「わっ、見て見て。ほんとに店員いなくない っ？」

池袋に完全オートメーション化された寿司屋ができたと聞き、久しぶりにサンシャイン60行こ、サンシャイン行ってそのあとお寿司食べよ。と言い出したのはソラだった。

回転寿司に来るのが初めてだというソラはテーブルに着くなり、「ほんとにお寿司、回ってるんだね。テンション上がるねっ」と声を弾ませて、流れていく皿を早速動画に収め始めた。実は回転寿司屋という空間に子供の頃から恐怖を覚えてやまない私も、できるだけ平静を装いながらスマホを向けた。鈍い色味の中トロを手早く収めたあと、上段のレーンの奥に積まれた湯呑みを手に取る。爪と同色の粉末を付属の匙で掬っていると、動画を撮影し続けたままソラが首を傾げた。

「でも、やっぱどう考えてもこの回ってる寿司って意味ないよね？　みんな新鮮な寿司、頼むに決まってるのになんでわざわざ回すんだろ？」

テーブルに備え付けられているバーの固さに苦戦しつつようやく蛇口から湯を吐き出させることに成功した私は、香りのないお茶で喉を少し湿らせてからタブレット端末に手を伸ばした。

画面では、白い和帽子を被った寿司職人風の魚人が微笑みの形にした口から「ご注文をどうぞ」と吹き出しを吐いている。

入り口でセルフ受付案内機を操作し、偽名を聞いてもらえなかった時にも感じた不安——いざとなってもマウントを取らせてくれる生身の店員がいないという不安に、一瞬強いストレスを覚えつつメニューアイコンをタッチする。加工が一目瞭然の、色鮮やかな寿司ネタがこれでもかと画面いっぱいに溢れ返った。

「注文するよ。何がいい？」

目を輝かせて撮影していたソラは、体勢も変えずに「肉系？　あとデザート系？」と答えた。

「え、魚は？」

「ソラ、普通にナマ物、好きじゃないんだよね。あ、ミクルちゃんは全然、好きなの食べていいからね」

「そうなんだ。でも私も普通に好きじゃないんだよね、魚」

「あ、そうなんだ？」

ソラが「じゃ、とりあえず適当に頼も？」と言うので、巻物と書かれた上部のバーをタッチする。いちばん初めに出てきたいくら軍艦を、色味のインパクトだけでまず選ぶ。ピンク色が可愛いからサーモン。面白いからハンバーグ寿司。と、映えそうな寿司だけをテンポよく選んだところでふと顔を上げると、通路を挟んだ、客が帰ったばかりのボックス席に座ろうとしている子供達の姿が目に入った。

「……何してんだろう。あれ」

見覚えがあると思った子供達は、やはりさっきのE.T.兄妹だった。卓上はまだ片付いておらず、前の客の食べ残しの甘エビの尾が浸った醬油皿などが置かれたままになっている。

兄妹の座高がやけに高く見えたのは、彼らが靴を脱いでベンチシートに膝立ちになっているからだった。キタッ。キタキタッ。と、その時ソラと同じように下段のレーンを覗き込んでいた妹が手で合図のようなものを送った。何事かと思っているうち、向かい合って体勢を整えていた兄が回ってきた皿に素早く手を伸ばすのが見えた。蓋のプラスチックカバーの隙間に素早く突っ込まれた兄の指は、寿司に何かを擦《なす》り付けるような動きを見せたあと、あっという間に引き抜かれた。慣れた様子で妹がずれたカバーを被せ直している。声を出さずにガッツポーズを決めた兄とは対照的に、周囲を抜かりなく警戒した妹が私に気づき、甲高く鋭い声を飛ばした。お兄ちゃんっ。握っていた拳を咄嗟に解いた兄が弾かれたようにこちらを振り返った。兄の表情が強張《こわば》る。

「ねえ、ミクルちゃん。今日はソラから撮ってもいい？」

回る皿に夢中で、ソラは兄妹に全く気付いていなかった。「いいよ」と手を差し出した私はスマホを受け取り、いつも通り撮影を開始した。人間自撮り棒の役目を終えて通路の向こうに視線を戻すと、思った通りボックス席は無人の状態に戻っていた。

……兄妹をあえて見逃したのは、先ほどの行為を責める気に全くなれないからだった。回転寿司屋のネタに唾を擦り付けるという悪ふざけは、どう考えても世間的に決して許されない迷惑行為だ。だが迷惑を介してしか他者を感じることのできない私は、むしろ彼らに同胞のような仲間意識さえ覚えていた。今すぐにでも兄妹と連絡先を交換し、グループでやり取りしたい。彼らなら、気に食わない店員を見るとマウントを取らずにいられない私の気持ちを理解してくれるのではないか。彼らなら、Amazon のカスタマーサービスにクレームを入れすぎてブラックリスト入りしてしまった私に共感してくれるのではないか。いつもより余計に期待してしまうのは、寿司ネタに唾を擦り付けずにいられない兄妹の気持ちが、私には痛いほどわかるからだ。正直なところ、私には他の人間が何故この空間で楽しげにしていられるか、今も理解できない。全てがオートメーション化された空間で寿司を笑顔で食すという、その行為の意味がわからない。ここはおかしい。ここはまともじゃない。にもかかわらず、そのことに気づかない愚鈍な人間達への苛立ちが、彼らをあのようなテロ行為に走らせたに違いなかった。私にはその気持ちが誰よりも理解できる。共感できる。

私が長女となって、三きょうだいとして生きていきたい。そう思いながら粉っぽいお茶で舌を湿らせて、重箱を思わせる容器の蓋を開ける。ミニトングで小皿にガリを盛っていると、通路を挟んだすぐ向かい側のボックス席で女の怒鳴り声が聞こえて手を止めた。あんた達、どこ行ってたのっ。もううどん、とっくに来てんじゃんっ。怒鳴っているのは、さっき入り口のベンチにいたスマホ依存症の母親——兄妹の母親だった。こんな近くにいたのに子連れファミリーが全て同じに見えてしまう私は、その存在に全く気がついていなかったのだった。

うどん早く食べなさいっ。母親が憤る声に耳をそばだてながら、私はガリを小皿に盛り続けた。どこに行ってたの？　という質問に、トイレ、と兄妹が嘯《うそぶ》いている。私が長女だったらあんな母親などとっとと見捨てて三人で暮らすのに。最近ハマっている韓国服を紹介する動画の話をしているソラに自動生成で相槌を打ちながら、私は食べる気もないガリをトングで摘み続けた。

「きたきたっ。お寿司きたよっ、ミクルちゃん」

歓喜の声を上げたソラの声でレーンを見ると、注文したいくら、サーモン、ハンバーグ寿司が小さな新幹線に乗って運ばれてきていた。それを目にした瞬間、必死で装っていた平静さを失いそうになる。新幹線に、過剰に元気でポジティブな人間を目にした時と同じ、気味の悪さが込み上げる。

三皿を下ろしたソラがレーン側面部の赤いボタンを押すと、乗客のいなくなった新幹線は下段レーンの干からびた寿司を嘲笑うような速度で追い越し、厨房へ戻って行った。

その光景を見送った後も、私は壁の向こう側に吸い込まれていった新幹線のことを考えずにいられなかった。あの壁の向こうではきっと、夥《おびただ》しい数の寿司ロボットが規則的にシャリを生成しているに違いなかった。工場のように殺風景なその空間は、眩しすぎる光量によって隅々まで照らし出されている。恐ろしいスピードで皿に並べられる、真っ白なシャリ。僅かな狂いもなくセッティングされるネタ。効率だけを追求した新幹線の一ミリも無駄のない動線……。

私は目の前の皿を見下ろした。

そこにあるのは、自分が先ほど注文したいくら軍艦だった。にもかかわらず私にはもうその寿司が、精巧な〈いくら軍艦のコピー〉にしか見えなくなっていた。

何故、自分はたかだか寿司ロボットが握った寿司を食べるだけのことが普通にできないのだろう。さっきまではスルーできていたはずの、明るすぎるこの店内照明が気になって仕方ない。不自然なほど生臭さを感じない店内の空気にも、不信感が募っていく。

もしかすると自分と同じ感覚に取り憑かれている人間が他にもいるかもしれない。そう一縷《いちる》の望みをかけて辺りを見渡したが、どの卓にも特急レーンで新幹線が運んでくる寿司を〈コピー〉と感じ、動揺しているらしき人間など見当たらなかった。うどんを食べ終えてまた席を立ったのか、兄妹もいなくなっている。

仕方なく、私は汗で湿っている手で割り箸を握りしめた。見た目がイカダ級に貧弱な軍艦はネタの半分以上がきゅうりのスライスで誤魔化されている。どう見ても〈いくら軍艦のコピー〉にしか思えないそれを、これはスタッフの人が準備した小道具で、自分は今、寿司のドラマに出ているエキストラなのだと言い聞かせて、私は口の中へ押し込んだ。シャリ。シャリ。シャリ。水気のないきゅうりは、嚙み砕くと小気味のいい音がした。自分とはなんなのだろう。こんなふうに設定を張り巡らせないと寿司さえ食べられない自分とは、一体なんなのだろう。

「うわ」

とその時、唐突にソラが頓狂な声を上げた。ハンバーグ寿司を無感動に突《つつ》いていたはずの目が驚きで丸くなっている。

ねえ。アレ見て。やばくない？　ソラはスマホを片手に持ち直しながら尖った顎の先を私の背後に向けた。

「——アレ？」

振り返った視線の先にいたのは、先ほどの兄妹だった。私を警戒したのだろう、通路を挟んだ右斜め後方のボックス席に場所を変え、彼らはまたあの膝立ちの体勢で向かい合っていた。

「さっきから怪しいんだよね」

声を潜《ひそ》めたソラはそう言って手にしていたスマホのカメラを兄妹に向けた。その躊躇のなさに驚いて、私は反射的に「撮るの？」と聞いた。

ソラは「撮るよ？」と小首を傾げて言い放った。「証拠残しとかないと、こういうの、あとでやってないって言われたら終わりだよ？」

上半身を捻りかけた私を、「待って。気づかれる」と制したソラは、あー、やるな。あれ、やるやる。とぶつぶつと呟きながら親指と人差し指で液晶を何度も摘み直した。私の動画を撮っているようにしか見えない角度でスマホを握ったまま実況を開始する。どう見ても初めてじゃないね、あれ。常習だね。妹と役割分担して……あっ。あっ。あっあっ。やった！　やった！　指入れた！　指！　身を乗り出すように実況していたソラが突然黙り込んだ。慌てて箸を握り直し、わざとらしく醤油を小皿に垂らしている。

ソラは目線を私の後方に釘付けにしたまま、ハンバーグ寿司を口まで器用に運んでいた。その間もスマホのレンズはしっかりボックス席を捉えている。今、ソラが咀嚼《そしゃく》しているものが〈ハンバーグ寿司のコピー〉だと教えてやりたい衝動にふと駆られたが、私は黙って彼女の口の動きを注視した。ソラはハンバーグ寿司を食べているという意識さえないに違いなかった。

「あの子達って、向かい側の家族の子供だよね。母親、スマホに夢中で全く気づいてないよ」

ソラの言う通り、母親はスマホから一切顔を上げずに煮アナゴを頬張っていた。その向かい側に座った父親が、卓に直接セットするタイプのベビーチェアに座らせた赤ん坊にうどんを一生懸命食べさせようとしている。男児か女児かもわからない顔の四角い赤ん坊は機嫌が悪いらしく、フォークの先に運ばれてくるうどんを唸り声をあげながら次々と払い落としていた。

ソラが完全に寿司を飲み込むのを待ってから、私は聞いた。

「動画、どうするの？」

「う～ん」

ソラが唸りながら宙に浮かせていたスマホを下ろしたので、もういいだろうと私は振り返った。ボックス席は既に兄妹が立ち去ったあとで、醬油の染み込んだ紙ナプキンが鰓《えら》呼吸するように空調の直風を受けて揺れていた。

わっ。わっ、やっぱ唾つけてる。これは駄目でしょ。完全にアウトでしょ。スマホを確認していたソラが嬉しそうに声をあげた。

「ミクルちゃんにも送ったから、見て」

動画にはさっきの実況と同じ光景が、完璧なアングルで収められていた。私など初めからいなかったかのように編集されている上、兄が指先にべっとりつけた唾をネタに擦り付けている瞬間の一部始終が収められている。短時間のうちに兄妹の首から上は、ピンク色のキラキラハートにすげ替えられていた。

「これ、どうするの？」

編集し足りなかったらしく、またスマホを触り始めていたソラは「うーん」と唸って液晶を見たまま、「グループに、投げる？」と呟いた。ソラの口から出たのは、私も参加している実際には会ったこともない人が半分以上メンバーの大所帯グループだった。

「え、あんなところに投げたら拡散しかしないよ？」

私が口を挟むと、ソラは「え。そうかなあ」と小動物のように首を捻った。

「そんなことないと思うし、それにそうなったとしても自業自得だよね？　だって店員に見せたところで絶対またやるよ、この子達。手口が常習っぽいし、それにあの母親に言ったって無駄でしょ。こういうの、ちゃんとしとくのは私達大人の最低限の義務だと思うんだけど。躾《しつけ》は大事だし、今ここでしっかり痛い目にあっておくのはあの子達にとっても結果いいことだと思うよ？」

疑いのないその口調にリスペクトのような感情さえ抱きかける。主語が私から私達に入れ替わったことに全く気づいていないソラは、

「ソラ、こういうの絶対に許せない人なんだよね」

と怒ったように眉間に皺を寄せた。その表情が本気にもふざけているようにも見えて、私は思わず彼女の顔を正面からじっと眺めた。見れば見るほど〈憤っている人のコピー〉にしか思えなくなっている自分に気づいた私は慌てて目を逸らしながら、「でも素性とか特定されて身バレしたら、流石《さすが》にアレじゃない？」と笑った。

「でもそうやって見逃すことが、本当にあの子達のためになるのかな。それにこういうことはさ、店側も真剣に対応を考えなきゃいけない問題だよね。この子達の個人的な悪戯《いたずら》で終わらせるべきじゃないと思うよ。どうやったらこういう悪質な行為の再犯を防げるのか社会で真剣に取り組んでいかないと、また同じこと繰り返す人間が出てきちゃうし、これって結局、私達の責任でもあるんだよ」

さっきまで「〜かな？」「〜かも」と自分に対してあやふやな発言を繰り返していたソラの口から、世間に承認される言葉が次々と飛び出していた。自分で自分のパフォーマンスに魅了された様子のソラはますます憤慨した口調で、

「見て、母親！　ミルク、あそこから直接作ろうとしてない？」

と声を上げた。

カメラの向けられた先で、母親が哺乳瓶をお茶用の蛇口にセットしようとしていた。白い粉末が底に溜まっている哺乳瓶を固いバーに何度も押し当てては「ああもう」と苛立っている。

粉ミルクを直接あの熱湯で作ることがどれほど非常識な行為なのか、私にはわからない。だがそう言えば先週も知らない母親が世間から叩かれていたなと思い出している間も、ソラの顔の上に広がる顰蹙の気配は濃くなり続けていた。

苦戦しつつお湯を半分ほど注いだ母親は、テーブルのお冷に手を伸ばした。喉が渇いていたのか自分で一口飲んでから雑な手つきでそのお冷の残りを哺乳瓶に足そうとした。その瞬間、

「口つけた水でミルク作るとか、完全にナシでしょ⁉」

とソラが今度こそ、心から軽蔑したように吐き捨てた。「あり得ない」。子供などいないはずのソラがもう一度はっきり呟くのを聞いて、最終ジャッジが下ってしまったことを私は悟った。哺乳瓶を父親に押し付けてまたスマホに没頭し始めた母親を見たソラは「ないよ。家族揃ってこれはないよ。アウトだよ」と呟きながらガリの容器に立てかけて撮影していたスマホを摑んだ。

MACCHA色の爪が今までにない速さで動き始める。

「……」

ソラの液晶にチラッと見えた母親の顔には、見覚えのあるキラキラピンクのハートが施されていた。だが子供達の時と違い、そのハートの面積は明らかに小さい。そのことが何を意味するの

か考えないようにしながら、私はおしぼりの脇にあるタブレットを引き寄せた。食べたくもない変わり種のページを次々とスクロールさせていく。

唐揚げ寿司。餃子寿司。ウインナー寿司。ラーメン寿司……。たまたま目に入った変わり種のメニューはどれも寿司とは思えないほどトリッキーなネタばかりだった。そのあまりにふざけた品揃えに馬鹿にされているような怒りを一瞬覚えかけた私は、画面の中の魚人マスコットを見つめ、ふっと鼻から息を漏らした。

こんなふうにあり得る寿司と、あり得ない寿司の線引きにいちいちこだわるから、自分にはいつまで経ってもソラの言う〈アリ〉と〈ナシ〉の違いがわからないのだ。

飲みさしの水で粉ミルクを薄める行為と、その姿を憤慨しながら盗撮する行為。

回っている寿司に唾を擦りつける行為と、許せないと言ってその動画を拡散させる行為。

それら〈アリ〉と〈ナシ〉の違いが、特急レーンで運ばれる寿司と通常レーンで運ばれる寿司の差ほどもわからないから、私にはいつまで経ってもフォロワーが増えないのだ。

ちらっと覗いたソラは正しいことをしていると信じている人間の、奥行きのない目をしていた。なんの疑問もなく正しさの側から世界を見て、正しさの側からみんなに認めてもらえる言葉を吐ける人間の目だった。あんなふうに全てを見ることができたら、私ももっと楽になれるのだろうか。

注文送信ボタンを押すのとほぼ同時のタイミングで、ソラが「よし」と満足げにスマホから顔を上げた。

「ミクルちゃん、追加でお寿司頼んどいてくれたんだ？」

あとでパフェも頼も？　何事もなかったかのように主語が一人称に戻ったソラを見た私は、「ちょっとトイレ」とだけ告げて立ち上がった。

角を曲がったところで、スマホのスリープモードを解除する。

〈悲しいね　いつか　こういうことのなくなる世界に　なったらいいな〉

動画と一緒に送られていたコメントの文末で、ソラの代わりに絵文字が涙を流していた。こんな短時間なのに、彼女の言葉に賛同するリアクションが続々と相次いでいた。

まるで機械に握られた寿司のように、共感がシステマティックに生成されていた。たくさんの〈共感のコピー〉が次々と新幹線に乗って、レーンを回り始める。

店内は相変わらず混雑していた。食べ終わった皿を投入口に落とす音や、子供達が喜ぶ声。何かを咀嚼しながら話す人々のざわめきが入り混じって、〈活気のコピー〉が生み出されていた。

不特定多数の正しさを吸収したスマホが、手の中で膨らんでどんどんと重たくなっていく。

シャリ。シャリ。シャリ。私は頭の中で小道具のきゅうりを嚙み砕きながら文字列をタップした。

〈ほんとだね　いつか世界から　哀しみが一掃されると　いいな〉

最後に泣いている絵文字を付けて、自分が書いたという実感が一切得られないコメントを送信する。既読が増えていき、共感がまた新幹線に乗って運ばれてくる。シャリッ。シャリッ。シャリッ。正しさの側から言葉を吐いたことで、私はとても楽になっていた。

どこまで、楽になれるのか。確かめようとして親指を動かしかけた時、誰かに脇腹のあたりをドンッと押しのけられた。

通路の真ん中に突っ立っていた私が邪魔だったのだろう。押しのけた人物はこちらを一瞥することもなく、「こっちこっち」と後方から遅れてやってくる連れに言いながら店の入り口へと走っていった。

自動ドア付近のガチャガチャ台の前で、小さな二つの背中がくっつき合うように丸まっていた。早く早く。待って押さないで。百円落ちる〜。わっ最悪。またダブったわ〜。ハブとマングース、マジでいらんわ〜ゴミだわ〜。

カプセルを捨てるために立ち上がった兄が、背後に立って自分達を見下ろしていた私に気付いた。遅れて振り返った妹も、あっと短い声をあげて身体を強張らせた。顔を赤くした兄は、私の目を怒ったように睨み返している。

沈黙の後、絡まり合った視線を先に解いたのは兄だった。おい、行くぞ。カプセルを握りしめたまま兄は妹の手を引いて私の脇を足早にすり抜けようとした。

「あの。世の中には、なんでこんなひどいことするんだろうって人間がリアルにいてね、」

私の視線は目の前のガチャガチャ台に差し込まれた、五種類のヤマザキパンのミニチュア写真に注がれたままだった。ぎょっとしながら足を止めている二人に向かって、私は続けた。

「これから君達はまあまあひどい目に、もしかしたら遭うかもしれない。住所とか名前とか顔とか特定されて、なかなか大変かも。でも、」

私は手の中のスマホを見下ろした。バイブ機能で通知を知らせているスマホは今も膨らみ続けている。

「いざとなったら、とにかくわかりやすいところに逃げるのがいちばんいいから。虐待でも疾患でも、とにかくそれっぽいマイノリティのグループに逃げればいいから。共感さえしてもらえれば仲間だと思ってくれた人が勝手に味方になって、助けてくれるから」

兄妹は表情を固くしたままこの後に続く言葉を窺っているようだったが、私が長女として彼らに言えることは、もう何もなかった。目の前の女と一瞬でも血が繋がっていたことを知らない弟と妹は、子供のくせに苦笑いのようなものを浮かべて店の奥へと消えていった。


思った通り、埃が舞って見えるほど強い光量で照らされた空間だった。

いちばん端の個室で下着を下ろし、股の間から生暖かい液体を絞り出す。「いつも清潔にお使い頂いてありがとうございます」。初めて来た店の張り紙にお礼を言われているうち、私の人間味が漏れ出して、股から流れた。

私の人間味が陶器を叩くビタビタビタビタ、という音と、握りしめたままのスマホから鳴る、ヴヴヴ、という振動音が二重奏になって、寿司屋のトイレに虚しく響き渡る。この世は乾燥した場所だ。この世は乾燥した寿司に蓋を被せて新鮮に見せかける場所だ。自分と他者がプラスチックの蓋で常に仕切られているこの世界。他者とかかわれないまま延々とレーンを回り続けるこの世界で、私は弟達を見殺しにした。弟と妹への共感ではなく、〈共感のコピー〉を選んだ。フォロワーが、欲しいから。そうまでしてみんなに媚びる私は、ガチャガチャのカプセルに群がる子供よりも貪欲で、哀れな生き物だ。

〈責任が取れないなら　親になるべきじゃない〉

〈母親の意味を　一度でも考えたことがあるのかを問いたい〉

送信ボタンをタップし、正しさの側から吐き出した言葉を今度は躊躇なく新幹線に乗せる。

もう一滴も出なくなった人間味を拭いて立ち上がると、センサーが感知して水音がした。振り返った時にはもう、私が今ここにいたという痕跡すらきれいに消し去られていた。


ボックス席まで戻ると、家族連れは既に帰ったあとだった。

「おかえり。遅かったね？」

私に向けた顔をソラはすぐにスマホに戻した。

「てか、ミクルちゃん、お寿司こんなに頼んだの？　頼みすぎじゃない？」

見下ろすと、ソラの言う通りテーブルは色とりどりの変わり種の皿でぎっしりと埋め尽くされていた。

「あ、そうだっ。グループ見た？　みんな、すごい食いついてくれてるよ。やっぱり見逃すのは絶対にダメだって言ってて、どうするのがいいか、今、みんなでやりとりしてるんだけど……」

ソラの意見が当然のようにみんなの総意に置き換わっていることに気づいた瞬間、私は手前の寿司に手を伸ばしていた。

その寿司は、麺が酢飯から一センチのところで宙に浮いていた。

「……」

このラーメン寿司があり得るのかあり得ないのか、もはや私にはどうでもいいことだった。目の前のテーブルにあるものは、どれも寿司としてメニューに載り、みんなに正式に認められているものだから。

私は右手でスマホを操作しながら、左手で摘んだラーメン寿司を口の中へ押し込んだ。シャリを噛み、宙に浮いた麺を啜る。飲み込めば飲み込むほど、私の中で〈アリ〉と〈ナシ〉の境界が胃酸に溶かされていった。

六貫。八貫。十貫。十二貫……額に汗をかきながら、何も考えず胃に無理やり押し込んでいく。変わり種の寿司をひたすら貪り続けている間、私の親指は休むことなく動き、楽になる言葉を生成し続けていた。

「考えられない」。

「あり得ない」。

「完全にアウト」。

「人として終了」。

ちょっと、トイレ。ソラがそう声を発するまで、呆気に取られた彼女が食べ続ける私にカメラを向けているということすら忘れていた。トイレに向かうソラの後ろ姿を一瞥もせず最後の寿司を胃袋に送り込んだ私は、湯呑みに手を伸ばし、バーに思いきり押し当てた。

勢いよくお湯が吹き出す。

ウニ。穴子。縁側。カッパ巻き。コハダ。サーモン……。レーンの上は〈寿司のコピー〉が遊園地のアトラクションのように回り続けていた。私はその中から、流れてきた一皿を手に取った。

ぬめぬめした烏賊《いか》を無心に嚙み切る最中、自分は寿司を食べるために作られたロボットだったかもしれない、という遠い記憶のようなものが蘇った。機械的に嚙み、嚥下《えんげ》し、消化器官に送り込む。それだけを無感情に繰り返すだけの寿司ロボットだったから、私は常に他者と隔たりがあったのではないか。寿司ロボットだったから会話が通じず、誰とも苦しみを分かち合うことができなかったのではないか。

震えながら〈ナシ〉を叫び続けているスマホは、共感で弾け飛びそうだった。

目の前の平らな酢飯の上にずっしりとしたスマホを乗せて、私は静かに蓋をした。

家族連れがいなくなったテーブルの足元には、カプセルから飛び出したハブとマングースが転がっていた。

ヴヴヴ。という籠もったバイブ音が聞こえた気がして顔をあげる。スマホの乗った寿司はレーンを流れ、他の皿ととっくに区別がつかなくなっていた。

（――）

ズズズゥ。カップを持ったままスツールから立ち上がった私は、返却カウンターの中央にぽっかり空いた飲み残し口に、まだ半分以上残っていたキャラメルマキアートをホイップクリームと一緒に流し込んだ。

スチール製の螺旋階段を降りていき、ミルの粉挽き音やエスプレッソマシンがあげる抽出音を掻き分けるように、自動ドア付近の右のレジの列にふらりと並ぶ。

その瞬間、並んだ列の先で緑色のエプロンの店員が、おや、と私に不思議そうな目を向けたのが分かった。これで通算四度目の注文に来た女を流石に不審に思ったのだろう。飲みたくもないキャラメルマキアートを注文し、半分ほど飲んでは捨てまた注文するという不毛な行為を、私は数時間前から続けていた。

「バニラビーンラテのトールサイズでお待ちのお客様〜」

気づくと、親指が液晶を求めてグネグネと奇妙な動きを繰り返していた。無意識にポケットに手を伸ばしかけ、すぐに思い出す。自分にはもう現在時刻を知る術《すべ》すらなくなってしまったことを。お客様には時間を忘れて寛いで頂きたいというこの店の企業理念によって、見渡せる空間のどこにも時計がないことは入店と同時に確認済みだった。

だがどうせ時間がわかったところで、スケジュールアプリを失った私にすべきことなど何もない。

シナモンロール。バタースコッチドーナツ。根菜チキンサラダラップ。磨かれたケースの中には照明によって旨さの盛られたフードが並んでいた。つい三十分ほど前にも嫌と言うほど眺めた光景だったが、このケースか、もしくは天井付近に設置された黒板を思わせる緑色のメニューボードを熟読するくらいしか、私には目のやり場がなかった。他の待ち客はまるでその形で生まれてきたかのように全員スマホを覗き込み、ちょっとした空き時間を難なく埋めている。またしても自分だけが別の世界に生きていることを痛感した私の鼻先から、漂っていた挽き立ての豆の香りがすっと消えた。

スマホを失ってみて初めて、自分はものの五分の待ち時間も自力で潰すことすらできない空虚の塊だったとわかる。何故あのとき私は寿司のレーンにスマホを流したのだろう。何故自分自身を流さなかったのだろう。残ったのが私ではなくスマホであれば、スマホは新たに操作してくれる人間をすんなり見つけ、これまでと何ひとつ変わらない生活を継続したはずだ。でも私は。私は何ひとつとして、これまでと同じにならなかった。アラームがかけられないせいで朝起きられない。アプリが開けないせいで誰にも連絡が取れない。検索ができない。写真が撮れない。mapが開けない。電子マネーが使えない。Uberが頼めない。振り込みができない。乗り換え検索ができない。あらゆるSNSに接続できない――。

依存、などという範疇ではなかった。繰り返し頭の中でこだまする、自分自身より大事なスマホッ。というフレーズ。デジタルデトックスによって臓器までもが体外にごっそり排出されてしまった私は、もう自分のことをスマホに付いていた大きなストラップだった、としか思えなくなっていた。

それが証拠にあれほど身を焦がし、喉から手が出るほど渇望したフォロワー。フォロワーという言葉を見るだけで脈拍が速くなり口の中が乾き、感極まって涙が溢れ出ていた、私の全てだったフォロワーへの執着が、まるでスマホに見せられていた夢だったかのように失せてしまっていた。

もう一週間も、フォロワー数を確認していない。

「ゆず&シトラスラベンダーセージティーフラペチーノのトールサイズでお待ちのお客様〜」

フォロワーがいなくなったら生きていけない。そう本気で信じていたのだ。

しかし実際に訪れたのはこの痙攣のような親指の動きと、無人の櫓《やぐら》に佇んで終わった祭りを見下ろしているかのような静寂。

フォロワーという存在から切り離されても尚《なお》私は生きている、という現実に、それまでの世界が根底から崩れ去った。

何故フォロワーと無関係になっても、私は生きているのか。

何故フォロワーと無関係になった瞬間、全ての細胞が絶望し速やかに生命活動を停止させないのか。

今日、昼過ぎに起きてもまだ自分が呼吸していることを知った私は上着も持たずマンションを飛び出して電車に乗り込んだ。フォロワーと自分が切り離された社会というものがどうなっているのかを確かめるために、路線図だけを頼りに東京のハブである新宿に辿り着いた。ルミネ1。タカシマヤタイムズスクエア。歌舞伎町タワー……当《あ》て所《ど》もなく彷徨い、なんの変化もなく機能している街の姿を目に焼きつけた私は、風俗店の看板の多さと家系ラーメンの匂いから逃げるように伊勢丹方面へ引き返し、ふらふらとこの店に飛び込んだ。入った時は漂流物さながら流れ着いた、と思っていたが、今なら何故溢れ返る店の中からここを選んだのかわかる。

訪れた全ての人に感動体験を——そんな素晴らしい志を持つ世界的コーヒーチェーン店で働く店員に、私はこの期に及んで何かを期待しているのだった。私がスマホを介さずに唯一擦れ合っていた存在は、店員だ。

都会の喧騒さえ心地よいBGMに変えてしまう空間は、初めて入った店にもかかわらず我が家のような安堵感をもたらして、私をますます不安にさせた。

「ほうじ茶黒煎り七味チョコレートグランデサイズでお待ちのお客様〜」

フォロワーと私が切り離された世界で、そんなふざけた飲み物を誰かが変わらず注文し、それがオーダーとして今まで通りあっさり通されている、という現実が信じられなかった。

他の客と共に自動ドアから入ってきた十一月の冷気が背中に触れる。私の視線はこの店の前を通りがかった時と同じように、ひとりの背の高い男性店員へと吸い寄せられた。臓器がごっそりないくせに、それでも四度の注文全て、顔が好みの男性店員のレジに必ず並ぶのだな、と自虐的な笑みが込み上げそうになるが、口元は動かない。私の前には秋だというのに頭から湯気が立ちそうなほど汗だくの、バックパックを背負った白人がいて、先ほどからカウンターにどっかり肘をつくスタイルで彼と話し込んでいた。新宿について英語でしつこく質問するバイカー風の男に、嫌な顔ひとつ見せず応対している、私とほぼ同世代に見える店員。英会話ができたら人生勝ち組だったと信じてやまない私は、店員の緑色のエプロンに付けられたネームプレートへと視線を移した。マジックで「Wong」の文字。ウォンくんが自分で描いたのだろう、空いたスペースで下手くそなスマイルマークが愛嬌を振りまいていた。

「こんにちは」

長らくラテのサイズを検討していたバイカーがやっと去り、入れ違いでレジ前に立った私を見て、ウォンくんの雰囲気が常連に向けるそれに、柔らかく変化した気がした。

ウォンくんのこんにちはをこれまでと同じように聞き流したにもかかわらず、彼は「店内、ご利用ですよね?」とスマイルマークと同じ顔で尋ねた。

はい。と私は即答する。店員と客という垣根をやんわり超えて親しげでありつつも、距離感をきっちりと弁《わきま》えている丁寧な接客。キャラメルマキアートのグランデを、ホイップクリームトッピングで。そう言いかけた私は、これまで三度ともウォンくんが私に感動を与えてくれなかったのは、私が彼に感動を与える隙を与えなかったからかもしれないと虚ろに思い直し、

「えーと、」

と言い淀んだ。レジを長々と封鎖していたバイカーのお陰で、私の後ろに並んでいた客は別の

列へと移動している。

「次に何を飲んだらいいか、迷ってて」

天井付近のメニューボードに視線を泳がせると、長身のウォンくんが視界に入った。口を閉じていると冷淡そうに見えるが、ほんのわずかに口角を持ち上げるだけで子供のようにあどけない表情に変化する、整っているのに決して派手さを感じさせない、むしろ知的で控えめな雰囲気を漂わせる顔立ちの、色白の、でも身体は美しく締まって運動能力の高そうな、論理的思考の持ち主のくせに強引な押しに弱そうな、実家が裕福そうな、見た目が完全に好みのタイプであるウォンくんは、艶やかな黒目をこちらに向けて、「そうなんですね」と微笑んだ。

フォロワーと私が切り離された世界で、善意が滲み出ているその瞳以外全てのヴィジュアルが理想通りである男が、コーヒー屋の店員として何食わぬ顔で働いているということが信じられないまま、私は「オススメありますか？」と口だけを動かした。

「普段、どういう感じがお好きなんですか？」

爽やかな笑顔でウォンくんに返され、返答に詰まる。普段、その甘さに胸焼けを起こすと分かっていながら、私が馬鹿のひとつ覚えのようにキャラメルマキアートグランデサイズホイップクリームトッピングしか注文してこなかったのは、この店に来たら自分にストレスがかかるものを飲まなければならない、と他の選択肢を検討しなかったからだ。

これまでも、ずっとそうだった。肥大した自意識のせいで、私はいつもマジョリティに吸収されることを何より恐れ、マイノリティであろうとした。みんなが笑って寛ぐ場所で、自分だけは絶対に寛ぐまいとひとり歯を食いしばり、自分だけは愉しむまいと太腿に爪を突き立て血を流しながら、こんなに生きづらいなら早く吸収されて楽になりたい、と願って止まなかった。

「……そう言われると、パッとでてきませんね」

でも、そんな私も全て体外に排出されてしまったのだ。自分自身より大事なスマホッ。を失い、でくのぼうになった私にはもう太腿に爪を突き立てる理由も、歯を食いしばりながらキャラメルマキアートを飲む理由も存在しない。

「実はYouTuberさんなのかな、と思ってました」

ウォンくんからの予想外の反応に、私は黙って顔を上げた。

「キャラメルマキアート何杯飲めるかとか、そういう企画かな、とか」

「……あー。たまにありますね、そういうの。でもYouTuberじゃないです。そもそもスマホ自体、持ってないので」

レジ台の脇に積まれているチョコチップクッキーを見ながら投げやりにカミングアウトすると、彼が驚いたように、「え、そうなんですか？　なくしたんですか？」と聞き返した。

「……いえ、違います。流れで」

「へぇ、すごいですね。実は僕も今、スマホ手放そうかなって迷ってる最中なんです」

無邪気にそう言うウォンくんに、私は改めて焦点を合わせる。サラサラの黒髪が耳たぶより少し上の辺りで、斜めに切り揃えられているウォンくん。一重だと思っていた目元が実は奥二重だったウォンくん。おそらくは中国人の、首筋が妙に綺麗なウォンくん。嫌がる彼のマウントを無理矢理奪うところを想像してみたけれど、やはり私の気持ちはＥＤ親父の下半身のようになんの高揚もしなかった。

「パソコンとかタブレットも使わないんですか？」

「……そうですね。持ってないので」

「羨ましいですね。そういう生き方できる人、憧れます」

チョコチップクッキーに埋まっているチョコチップの数を数え出しながら、私はぼんやり想像する。マウントを最高の形で取った客として自分が彼の記憶に深く刻まれていたかもしれない未来を。そして偶然街で再会したのがきっかけで交際に発展し、いつの日か正装をして実家に来てくれるまでになったウォンくんに、「私の両親です」と座布団に座った自意識と承認欲求を紹介していたかもしれない未来を。私の産みの親が人間ではなかったことにウォンくんは驚くだろうが、それでも彼は偏見を嫌い、家族になることをきっと快く受け入れてくれただろう。自意識のことを「お義父さん」、承認欲求のことを「お義母さん」と、そつのない笑顔で呼んでくれただろう。できることなら、寛ぐまい楽しむまいと歯を食いしばってこの世界に抵抗していた私として、私はウォンくんと出会いたかった。こんなスカスカなＥＤ親父の自分ではなく、目に入る全ての店員に難癖をつけマウントを奪っていた私として、ウォンくんと出会いたかった。

「じゃあ僕のレコメンドで、いいですか？」

目の前でウォンくんが微笑みながらカウンターのメニューを指差している。はい、と私は即答した。

「僕のレコメンドはこの秋限定の、おさつバターフラペチーノです」

「……はい」

ウォンくんがそんな恥ずかしい飲み物を平気で勧めてくる男だということが哀しかったけれど、私は表情には出さずに、「じゃあ、それにします」と呟いた。

「あの、無理しないでくださいね。別のレコメンドもありますから」

敏感に何かを感じ取ったらしいウォンくんが心配げに言い添える。

「別に何が飲みたいわけでもないので、とりあえず、それでいいです」

まだ何か言いたげだったウォンくんは、「わかりました」と引き下がってレジを打ち込み始めた。爪が丸く切り揃えられた長い指が、「トールサイズしかないけど大丈夫ですか？」とテンキーの上で止まる。

「はい」

「塩味芋けんぴとハニーバターソースの増量ができる、おさつカスタマイズが付けられますけど、おさつカスタマイズしますか？」

「はい」

「カップにお書きするお名前は、大右近《おおうこん》さん、で大丈夫ですか？」

「はい」

全て即答してポケットに手を滑り込ませた私は、指が何も触れないことに気づいて、「あ」と声を漏らした。その瞬間、全てを察したらしいウォンくんがレジ台から顔を上げる。「現金がなければ、カードでも大丈夫ですけど……」

「いえ、財布ごと二階に忘れてきました」

「取りに行きますか？」

私の背後には、既に二人の男女がスマホで時間を潰しながら順番を待っていた。

「いえ、キャンセルでいいです。別に急いでるわけじゃないんで」

「なんで飲みたいものがないのに、注文するんですか？」

レジを離れようとしていた私は、その声に思わず振り返った。ウォンくんの目の中で善意の塊が二粒、黒々と光っていた。

「……他に、できることがないからです」

私の答えを聞いたウォンくんは納得したのか微笑んで、

「なるほど。頑張って下さい」

とエプロンの胸元で小さく拳を作った。


正社員。契約社員。学生。フリーター。Uber 配達員。外国人セレブ……彼らのように生きられれば幸せになれる。彼らのように生きられれば、少なくとも今よりはマシになれる——そう信じ、私は世間から死に物狂いで共感をかき集めてきた。彼らと繋がることで、彼らになれると信じていたから。

しかし、何故彼らと同じになれれば幸せになれると思ったのか。何故ＳＮＳで繋がれば彼らそのものになれると思ったのか。今はもう、その確信も根拠もエスプレッソの表面に浮かぶラテアートのようにふざけた渦を巻いている。

「……」

Ōukon。マジックでそう書かれた冷たいカップの表面を親指がグネグネとのたうち回っている。窓の外を行き交う通行人をしばらく見つめていた私は、大通りを挟んで正面にある建物に視線をあげた。新宿を見下ろす巨大な目玉のように白い壁に張り付いて、ほのかに発光しているリンゴマーク。

あそこに行けば新しいスマホが手に入る。分かっていながら、そうする気にはなれなかった。今の私にとって、それはＥＤ親父の性器に直接金属棒を埋め込んで物理的に勃たせるだけの虚しい対症療法にしか思えない。

齧られたリンゴを見つめながらおさつバターフラペチーノを一口飲むと、カフェインに疲れ切った喉が静かに悲鳴をあげた。こんなクソ甘いものを真っ先にレコメンドしてくるなんて、店員としてあまりに無能じゃないですか？　感動、全然与えてもらってないんですけど感動詐欺じゃないですか？　そんなふうにウォンくんのマウントを取れなくなってしまった私は、これからどうなってしまうのだろう。フォロワーから自由になり、他人の評価が支配するゲームから降りられたというのに、解放感は全くない。

こんなことなら何も知らないままフォロワーが全てだと思い込み、フォロワーだけが自分を救えると狂信していた頃の自分でいたかった。自分自身より大事なスマホッ。フレーズが、また聞こえた。

食べたくもないのに買ってしまったクッキーからチョコチップをほじくり返して時間を潰す。五度目の注文に行くためにまだほとんど中身の残ったカップを持ったまま窓際を離れようとした時、大通りを小走りで横断する見覚えのある人物が目に入った。

黒髪を靡《なび》かせ、ダークグリーンのＭＡ-１ジャケットにデニムというカジュアルな出立ちをした彼は、店にいた時よりも幼く見えた。バイト帰りに寄ると決めていたのだろう、巨大なリンゴマークの下に引き寄せられるように入っていく後ろ姿を見届けた瞬間、私は立ち上がっていた。飲み残し口に一気に注がれたおさつバターフラペチーノが、ズズズゥ、と悲しげに鳴いてホイップクリームと共に穴の中に吸い込まれていく。

店の壁が一面ガラス張りのお陰で、彼の姿を視界から遮るものは何もなかった。

「こんにちは」

いつの間にか自動ドアを潜っていたらしい。脇に立っていた、青いスタッフＴシャツを着た女に声をかけられ、驚いて立ち止まる。

「何かお探しですか？」

「いえ。人と待ち合わせで」

咄嗟にそう答えてしまい、この言い方では待ち合わせ場所に利用するだけのように聞こえてしまうだろうかと思ったが、金髪の店員はテーマパークのキャストを彷彿とさせる態度のまま、「そうなんですね。楽しんで下さい」と嬉しそうに入店を促した。

私は「あ、はい」と口の中で呟きながら、首にIDカードをぶら下げる彼女の前をぎこちなく通り過ぎた。世の中には「楽しんで下さい」と言われて、楽しめる人間とそうでない人間がいることを、この店員は一度も想像することなく死んでいくのだろう。どちらにせよ客が返事にすら戸惑うような声がけがナチュラルに飛び交うこの店の空気が、私から生きる気力を早くも奪い始めようとしていた。

光が明るく差し込む吹き抜けの白い空間は、ガラス窓を通して私の姿を恥ずかしいほど大通りへと晒していた。うっすらと洋楽が流れる、余計なものがひとつもない店内。充満する、コーヒー屋以上にポジティブで革新的な空気。至るところで感動体験が息を潜めて自分を待ち構えている気がした。どの店員も非マニュアル対応で接客し、彼ら全員に輝く未来が待ち受けているように見えた。

真っ白な台が等間隔に配置されているアートギャラリーのような通路で、ウォンくんは並べられた製品をチェックしていた。首に巻かれた黒いマフラーの端がタブレットを撫でるように揺れている。

ふらふらと引き寄せられるように近づいた私は、この先の行動を一切思いついていないことに今更気づき、足を止めた。自分が彼に何をしようとしているかもわからぬまま固まっていると、製品から顔を上げたウォンくんがこちらを見て、「あれ」と声をあげた。

「さっきの、お客さんですよね？」ウォンくんはそう言って、大通りを挟んだコーヒー屋に目を向けた。「キャラメルマキアートは、もういいんですか？」

「はい」

咄嗟にノートパソコンを覗き込みながら私は返した。「そちらもお仕事はもう終わったんですか？」

「あ、はい。今さっき」

「そうなんですね。私服だから全然わからなかったです」

この会話がわざとらしいのかすら判断がつかなかった。ノートパソコンを閉めたり開けたりしながら次にどうすべきか決めかねていると、「あの。さっきはすみませんでした」とウォンくんが出し抜けに言って、頭を小さく下げた。

「え？」

「あんまり好きじゃなかったですよね。おさつバターフラペチーノ」

申し訳なさそうな表情をしたウォンくんの言いたいことを汲み、私も顔を作る。

「いや、思ったよりおいしかったです」

「本当ですか？　実は結構気になってたんです。あれを真っ先に勧めたのは違ったなって」

「普段、自分では絶対注文しないメニューだったので新鮮でした」

こんなふうに反射的に相手を気遣うだけの空気のような会話を続けられるのは、私から自意識がごっそり排出されたからに他ならなかった。

「あの、もしかして解約しに来たんですか？」

気になっていた疑問を口にすると、ウォンくんのきれいな眉が「え？」と僅かに持ち上がった。

「スマホ手放そうか迷ってるって、さっき」

「ああ。憧れてるんですけど、まだ全然そんな域には達してないです。今日は修理に来ただけで」

ウォンくんははにかむようにそう答えてから「大右近さんは？」と問い返した。

「大右近さんは、スマホ、持つことにしたんですか？」

ウォンくんにそう言われ、自分が今、そんな名前だったことを思い出す。「いえ。スマホを買いに来たわけじゃ」と即答しかけ、それでは会話が終わってしまうと気づいた私は「そうですね、はい」と言葉を濁した。「持つべきかどうか、迷ってて」

「そうなんですね」

私の答えを聞いて、ウォンくんは残念そうに軽く眉を寄せた。「そう聞くとちょっと勿体無い気もしますね。スマホ持ってない人なんて僕の周りにひとりもいないんで」

「そうですよね。実際、自分だけがみんなと違う世界を生きてるって感じです」

「そうなんですか？」

そうです。だから、あなたも一緒にスマホを捨てて下さい。不思議そうに聞き返したウォンくんに、恥も外聞も捨てて頼み込んでしまいそうになる。おそらくウォンくんは「楽しんで下さい」と言われて何も考えずに楽しめてしまう人間で、むしろ「楽しんで下さい」と人に平気で言えてしまう人間で、この白い空間に何のハラスメントも感じない、私とは別の世界に生きている人間に違いなかった。でもそんなウォンくんだからこそ、私と一緒にスマホのない世界でも生きていってくれるような、そんな淡い期待が生まれ始めていた。そんなはずがないのに、彼がもう最後の希望にしか思えず、私はせき立てられるように言葉を吐き出していた。

「私、小さい頃にこの世で一番恐ろしい罰ゲームってどんなだろうって考えるのにハマったことがあったんです。トーナメント方式であらゆるバリエーションを闘わせたんですけど、最終的に残ったのが、この地球上で自分だけが正気っていう罰ゲームでした」

「自分だけ正気、ですか」

「今のこの状態は、割とそれに近いです」

ウォンくんはその言葉を聞いて、「……ああ」と目を細めた。「そうなんですね」

「ホームレスみたいな人達は結局物理的にスマホを持ってないだけなんです。あれは本当は、精神的には所持してるに該当するんです」

「そうなんですね」

「はい。……あの、大丈夫ですか？」

「はい？」

「嫌な気持ちにさせてませんか、私」

「嫌な気持ち、ですか？」

「はい」

「今ですか？」

「はい」

いえ、別に。させてないと思います。ウォンくんはそう言って、マフラーの巻き付けられた首を微かに傾げた。長身のウォンくんを近くで見上げると、嫌でも吹き抜けになっている白い空間が目に入る。光に満たされたその高い天井に目を細めながら、私は彼の言葉に安堵した。ウォンくんの世界では、きっと誰も相手を傷つけたり不快にさせたりしないはずだった。あのコーヒー屋のように、このスマホ屋のように、誰もが「こんにちは」と笑顔で挨拶し、「お帰りなさい」と初対面同士でハグを交わすはずだった。相手に近寄り過ぎず離れ過ぎず、ちょうどいい距離を測りながら、お互いが傷つかないよう最大限配慮して付き合うのがウォンくんの世界のコミュニケーションのはずだった。彼と生きていく希望に必死に縋りながら私は細心の注意を払って会話を続けた。

「やっぱり、お客に感動を与えたいと思って、あそこで働いてるんですか？」

ウォンくんは意表を突かれたように黙り込むと、動画編集のワークショップが開かれている一角に視線を避難させながら「うーん、そうですね」と苦笑した。相手を不快にさせるためのコミュニケーションが、私には骨の髄まで染み付いていた。

「すみません。馬鹿にしたんじゃないんです」

「大丈夫ですよ。いちいち気にしてたら、何も話せないですよね」

気にしないで下さい、と穏やかな笑みを浮かべながらウォンくんはゆっくりと歩き出し、次の台へ移動した。私も同じ歩度で移動して、彼が手にしている Bluetooth イヤフォンの隣のイヤフォンを手に取った。

並んだ私にちらっと視線を走らせたウォンくんはおさつバターフラペチーノをレコメンドしてきた時と全く変わらぬ人当たりの良さで、このノイキャン機能すごいですよね、と話しかけてくれた。ワークショップの開始時刻になったらしく、ヘッドセットをつけた店員の声が店内の音楽に紛れ始めている。感じのよさだけを意識していると、やがてMA-1ジャケットのポケットからスマホを取り出したウォンくんは、「もうすぐ予約の時間なので、そろそろ地下に行きますね」と軽く会釈した。

会釈をし返した私は店の中央にデザインされた螺旋階段を降りていくウォンくんに連なって歩き出した。スケルトン仕様の階段は、心の汚れた人間が踏んだ瞬間割れそうで心許なかった。透明の板になるべくそっと靴底を当てながら、巨大な飲み残し口のような螺旋階段をぐるぐると降りていく。

どうすればウォンくんにスマホを捨てさせることができるのか、全くわからなかった。コミュニケーションがまともに取れないのは、これまでずっと店員とはマウンティングしかしてこなかったせいだ。スマホで〈初対面　当たり障りない　会話〉〈初対面　好印象　会話〉と検索したくて、親指がグネグネと悶える。

「今の仕事は、長いんですか？」という導入はどうだろうと考えて、すぐに却下する。もし彼がバイトだった場合、正社員になれないことを見下していると受け取られかねない。「バイリンガルなんですね」。そのスペックがあるのにレジ打ちかよ、と揶揄《やゆ》しているように聞こえてしまうだろうか。

「お幾つですか」と聞いて見た目よりずっと年下だった場合、私は「若いですね」と言ってしまうだろうし、年上なら「大人ですね」と返してしまうはずだ。ウォンくんがもうずっと見た目と年齢のギャップに苦しめられてきた人、という可能性を排除できない限り、話題にするべきではないし、そもそも年齢も性別も国籍も外見も学歴も職歴も最寄り駅も家族構成も、「変わった苗字ですね」も「田中さんって言うんですね。へえ〜」にも全ての話題に地雷が潜んでいて、迂闊に口にできない。

そうだ。それならいっそ「動物はお好きですか？」と聞いてしまうのはどうだろうか。その手の会話は虫酸が走るが、私はどうにか当たり障りのない話題を見つけられたことに安堵し、それならこちらも猫を飼っていたという設定でいこうと口を開きかけ、ハッとした。もしウォンくんが最愛の猫を病気で亡くしたという過去の持ち主だったら？「その服、素敵ですね」と褒めたのがきっかけで本当は服飾デザイナーになりたかったという挫折感が再燃してしまうかもしれないし、「左利きなんですか」と聞いてしまったばかりに実は指が変な角度で曲がるというコンプレックスを刺激するかもしれないし、天気の話を持ち出したことによって幼少期、暗い部屋に閉じ込められた際、継母にいつも天気予報をエンドレスに聞かされていた、というトラウマがフラッシュバックしてしまうかもしれない。

Genius Bar カウンターの近くにベンチシートを見つけたウォンくんは、脱いだジャケットとマフラーを膝の上に丸めて腰掛けていた。隣の空いたスペースに腰を下ろした私を見るなり、ウォンくんの口から「え」と戸惑ったような声が漏れた。

「私も、子供を産まないっていう選択をしたんです」

地雷を踏む前に、こちらからデリケートな話題を持ち出すしかなかった。

「……あー。そうなんですね」

ウォンくんはかなり面食らったようにそう言って、私の顔を眺めた。「……それは、パートナーさんと話し合って、ですか？」

はい。と頷きながら、私は壁際に停められていたベビーカーに目を向けた。フルフラットで倒されたベビーカーはドーム状の天井でほとんど覆われ、隙間から小さな足がだらんと垂れ下がっている。子供という生き物が心から嫌いだというのは事実だし、産む気もサラサラない。話し合うパートナーの存在だけが真っ赤な嘘だが、それでもウォンくんはこの地雷だらけの話題に、最大限の配慮で答えてくれるはずだった。もしかすると急にトイレに行きたいと言い出して〈子供を持たない人　接し方〉と検索して帰ってくるのではと邪推がよぎったが、ポケットから小さなマイボトルを取り出したウォンくんは「こういう場所ってやたらと喉渇きますよね」と中身を一口飲んでから、躊躇《ためら》う素振りもなく会話を進めた。

「パートナーさんと二人で決めたんなら、問題ないんじゃないですか？　子供を持っても持たなくても、幸せになる人はなるだろうし」

「……」

「他人はとやかく言うかもしれないですけど、そんなの関係ないです」

「……」

「パートナーさんと大右近さんが納得してるんですよね。ならそれが全てだし、それに子供を持ってない方が実は幸福度高いってデータもありますよね、確か」

ウォンくんは言葉をひとつひとつ慎重に選んで、素性の分からぬ私にまで寄り添おうとしていた。この表現であっているか、この言い方で相手を傷つけないか。お客様に感動を与えたくて仕方ないウォンくんは今私のために、魚から小骨を全て取り除くような手厚さで、優しい言葉を持ち帰らせようとしてくれていた。

「だって実際そうじゃないですか。子供を持つことでパートナーとのいざこざやいろんなストレスも増大するし。経済的負担もあるし、自分の時間もなくなるし。よく考えたら、タイパもコスパも悪すぎですよね。夫婦の数だけ、その夫婦のあり方みたいなものがあっていいと思います」

骨の抜かれ切った、飲み込んでも絶対に害のない言葉を受け取りながら、私も彼に寄り添いたいと口を開いたが、声は出なかった。ウォンくんの持っているスマホの液晶画面が粉々に割れている。その理由をさっきから尋ねたかったが、ちゃんと小骨まで取り切らないと言葉が刺さって画面以上に彼を傷つけてしまうかもしれない。ウォンくんを失うわけにはいかない私には、それが恐ろしかった。

「あとスマホの件も。無理して持たなくていいと思いますよ。何があったか知らないですけど、無理して持って、身体、壊すくらいなら」

「——え？」

さりげないその言い方に、ぬかるんだ泥に足がはまるような感覚があった。目線を上げると、ウォンくんの頬のあたりがわずかに緊張していて、私は初めて、彼の目から見た自分はYouTuberでもなんでもなく、平日の昼間にキャラメルマキアートをひたすら捨て続けるヤバい女として映っていたのだろうか、と思い至る。

「人から何を言われても、大右近さんはありのままの自分でいいと思います」

「この世で辛いのは人から認められないことだけど、それより辛いことは、自分で自分を認めてあげられないことだと思います」

ウォンくんは一向に誰も呼びにこないGenius Barのカウンターに目をやりながら、心の風邪をひいてしまった人に向ける処方箋のような言葉を並べ続けていた。誤解している、と言おうとして、だがウォンくんの世界の住人になりたければこの善意を踏みにじってはいけないのだと開きかけた口を閉じる。せっかく優しくしてくれた人の勘違いを指摘して、悲しませてはいけない。優しくしてくれた人の期待を、裏切るような真似をしてはいけない——苦しさで胸が潰れそうになりながら、私はウォンくんの想像する女をイメージし、「先生からも、同じことを、言われました」と呟いた。彼はハッとした表情で私を見下ろし、「……そうなんですね」と顔を辛そうに顰《しか》めた。

よかった、これで彼の期待を裏切らずに済んだ。私がほっと胸を撫で下ろしている隣で、ウォンくんの黒目が揺らぎ、その瞬間、私は彼が傷ついていることを悟った。優しいウォンくんは私に精神疾患をカミングアウトさせてしまったことで、私が傷ついているのではと心配し、傷ついてしまったのだ。

こんなにも相手を慮《おもんぱか》った、マットレス五段重ねのようなやり取りでさえウォンくんが傷ついてしまうという事実に、私は打ちのめされた。

でもウォンくんが傷ついていることで私がショックを受けたことを知ってしまったら、ウォンくんは自分が傷ついたことで私を傷つけたことに傷ついてしまう。少しだけ口角を持ち上げて会話を続けようとしたが、傷ついてないという演技をしなければならないことで私はうっすら傷つき、おそらくウォンくんもそんな私の変化を感じ取り、やはりうっすら傷ついているはずだった。結局、敵意のないことをアピールする微笑みを浮かべた私達は、相手の優しさによって深くダメージを受けながら、ベンチに並んで座っていた。

向かい側の壁に、整然と並んだスマホケースが美しくディスプレイされていた。

あらゆる色、あらゆる素材のたくさんのケース。照明の中で作品のようにあしらわれて飾られている限り、一生傷がつかないように見えた。そして耐衝撃テストを気の遠くなるほど繰り返したケースは驚異の衝撃吸収力によって傷つけてはいけないスマホを守り、スマホはFace IDとパスコード、二段階認証やガラスコーティング等を用いて、傷ついてはいけない私達を守ってくれる。繊細な私達は、ブルーライトにさえダメージを受けてしまうから。

口角を意味もなく持ち上げたまま無になって壁を見ていると、「修理の予約でお待ちのウォン様ー」とスタッフが呼びに来て、

「あ、僕です」

とウォンくんが丸めていたMA-1ジャケットを小脇に抱えて立ち上がった。膝から黒いマフ

ラーが滑り落ち、それを拾って一緒にベンチから腰を浮かせた私を見て、ウォンくんが申し訳なさそうに口を開いた。

「あの、ごめんなさい。——もう、いいですか？」

視界に入ったウォンくんの黒目は、いつの間にか分厚い保護フィルムが貼られ、別人のように乾き切っていた。

手の中から、柔らかいマフラーが無言で抜き取られる。

ウォンくんはそれをぐるぐると優しく自分に巻きつけると、スタッフと談笑しながらGenius Barへと歩いて行った。


巨大な螺旋階段から真っ白なホイップクリームが流れ込み、ゆっくりと、目の前のフロアに溜まっていく。

頭上の白い空間から降り注ぐ光は柔らかいのに目を焼いて、私は激しい痛みに耐えながらクリームが垂れ落ちてくる階段を長い間、見上げていた。腰の辺りまで甘いものに浸かった時点で立ち上がり、階段に向かって歩き始めた。

ベトつく手すりに摑まって足を滑らせないよう一段一段登っていく途中、Genius Barのスツールに座るウォンくんの綺麗なうなじが目に入った。少しだけ立ち止まったが、既に口元までホイップクリームに浸かっているウォンくんが振り返る気配はなく、私はまた階段を登り始めた。

一階フロアに辿りつき辺りを見回した途端、青いTシャツの店員が、

「何かお探しですか？」

と声をかけてきた。

ニットキャップを被った男の手首にスマイルマークのtattooが入っているのに気づいた私は、ふっと鼻から息を漏らしながら「いえ」と首を振った。

「もう、探してません」

理解できない態度を取られても店員は相変わらず感じよく、「何かあったらいつでも声をかけて下さい」と微笑んでいた。

無言で店を出ようとしていた私はその言葉で足を止め、店員の顔をじっと見つめた。

「……なんでも、いいんですか？」

店員は少し驚いたような表情をしたもののすぐに気を取り直して、「なんでも、聞いてくれてオッケーです」と友人のように頷いた。

「感動を、与えてもらってないんですけど」

「え？」

「なんでもありません。あそこの、最新のiPhoneを下さい」

正社員。契約社員。学生。フリーター。Uber配達員。外国人セレブ……新宿の街を忙しなく歩く彼らに紛れるうち、この数日間、自分の頭にこだまし続けていたあのフレーズが、止まっていた。

きっかり七秒間かけて真っ白な箱から取り出したiPhoneを起動させた瞬間、大きなストラップだった私という不能感も自動的に消去された。液晶にくっきり浮かび上がったリンゴマークと入れ替わるように、この一週間の記憶は全て曖昧になって風に攫《さら》われた。

親指は狂喜乱舞し、飢餓状態の赤ん坊が近づけられた乳頭に吸い付くように液晶の上をのたうち回っている。

私の目線の先には、大通りを挟んでさっきのコーヒー屋があって、その入り口近くのカウンターの中には緑色のエプロンをつけた長身の店員が立っていた。白人のバイカーがカウンターにどっかりと肘をつきながら、そのレジを占領している。

「……」

俯いた店員の顔が見える直前に、私はコーヒー屋に背を向けて歩き出した。

音と匂いの戻った新宿は猥雑で騒々しい、いつもの新宿だった。そして目の前の人々は恐いほど自分に無関心な、いつもの人々だった。

〈驚安の殿堂〉という文字が壁面にデコられた雑居ビルの一階から、ポップコーンの甘い香りと楽しげなテーマソングが流れてくる。強引な客引きは犯罪だと訴えて膨らんでいる横断幕の下をくぐった私は、復活した性欲のように渇望が切々と込み上げるのを下腹の辺りに感じ取っていた。

喉から手が出るほどフォロワーが、欲しい。震えるほどフォロワーが、欲しい。「フォロワー」と呟いてみると、脈拍が速くなり口の中が乾き両目に涙が滲んで膝ががくがくと戦慄《わなな》いた。

もしかしたらウォンくんと一般的な恋愛をし、一般的な結婚をし、出産し、育児に精を出し、一般的な不倫をしたり離婚しそうになったりとなんだかんだありつつも、最後は一般的な老後を迎える——そんな方法でこの社会に認められることもできるのではないかとGenius Barのベンチで考えかけた瞬間も、あった。

納税し、家族を作って社会から承認されることで、私は救われるのではないかと。

でもそんな一般的な世界を、私は信じることができなかった。

自意識と、承認欲求——私はやはり、紛れもなくこの二人の子供で、そのせいで愛情や幸せを感じることができず、喜びを人と分かち合うことができない。常に何かに屈しまいと唇を強く噛み爪を突き立てているせいで、下唇はいつもパンパンに腫れ上がり、太腿からは血が噴き出し続けている。

でもそんな私から流れ出る血は紛れもなくあの両親から受け継いだ血で、私を形作っている肉体は両親に創作された肉体で、私の生は両親に産み出された生だ。その事実が常に私をいたぶり苦しめるけど、でも私はそうして傷つくことで、あの二人に抵抗している、とも言える。傷つくことでこの世界に争《あらが》っている、とも言える。生きるために私は傷ついているとも言えるし、傷つくことは私のアイデンティティだとも、言える。

傷つくことは、私のアイデンティティだ。

アプリストアからアプリを落とす、私の親指。自分だけが正気という罰ゲームを受け続ける、私の脳。私、という言葉の数だけ、結局私は安堵する。私。私。私。私。私。私——私も驚安の殿堂のように、「私」という言葉で身体の表面を全てデコってしまいたい。

どこかからチーズタッカルビの匂いがして、頭を起こす。でもタッカルビを出す店などどこにも見当たらず、代わりに妙にこざっぱりしたトー横広場が目に入った。もうすぐあそこから鳩が六羽同時に飛び立つな。そう思った瞬間、群れから鳩が六羽同時に飛び立った。

（123000）

液晶をタップしすぎて親指の指紋がなくなることはあるんだろうか。ふと心配になった私はすぐに指紋など必要ないと思い直し、高速でタップを終えた。息を吐《つ》く間もなく更にタップ。目が痛くなるからといつも明るさを抑えているスマホが、最高輝度よりも神々しくブルーライトを放っている。

恐々と確認すると、朝から着実に増えていくフォロワー数が液晶の向こうでやはり自分をせせら笑っていた。フォロワーが増えれば絶対に救われる、救われるよね？　と必死に言い聞かせていた私を嘲笑っていた。……この世は自分を救うと信じていたものが当然のように裏切り、私を奈落の底へと突き落とす場所だ。さきほどから都営浅草線の車輪が線路に擦れて軋むたび、自分の中で何かが悲鳴をあげ続けていた。

「わっ。また増えてる？　すごいね！」

指紋に恨みでもあるかのようにタップを続けていた私の手元を、隣に座っていたソラが覗き込んだ。

「あー、うん」

フォロワー数が気になって気になって仕方ない女。そんな人間に思われるのだけは嫌で、スマホを慌てて眠らせる。でもその途端、もはや何も自分を救わないことが決定的になった世界で、まだ人からどう見られるかを気にするのかと思いきり自分を笑い飛ばしたい気分になる。電車のシートから尻に伝わるこのヒーターの熱も、サイズの合わない着物から漂う白檀《びゃくだん》の香りも、ホームがゆっくり流れ始めている車窓も存在しているとは思えない。私の承認欲求と自意識しか、この世に存在していると思えない。

そう思っていることがばれない程度に顔を作りつつ、私は、

「マジでやばいね。勢いが止まらない」

といつも通りの口調を装って返した。先ほどから首元にチクチク当たるフリルが痒くて仕方なかった。

「うん。ソラもまさかあの寿司動画にここまで反響がくるとは予想外！　でもあのお寿司貪ってる時のミクルちゃんの表情、最高だったもんね。神がかってたもんね」

ほんとに人生、何がバズるかわからないよね――丈が若干足りないせいで、いくら気をつけてもはだけてしまう着物の裾を気にしながら声を弾ませるソラの顔を、私は横目で盗み見た。自分が撮影し、自分が編集し、自分が自分のＳＮＳに何気なくアップした友人の寿司大食い動画がここまでバズってしまったことをソラはどう思っているのだろう。本心が知りたかったが、このないだ会った時より顎と鼻筋がうっすら高くなったソラの表情からは何も読み取れない。

「ミクルちゃん、ずっとフォロワー増やそうとして頑張ってたもんね。よかったね」

ソラはそう言いながら、頭上で所在なげに揺れていたハート型のシルバーピンクのバルーンを引き寄せた。「ミクルちゃんも入って」と自撮りを始めたソラを見て、もしかしたら精神的双子の私だけ一気に有名になったことで関係がギクシャクするのでは、と貧しい想像をしていた自分が恥ずかしくなる。

私と違って、ソラはブレない。ソラは今も、私に便乗して自分のフォロワー数を稼ぐことしか考えていない。嫉妬や足の引っ張り合いみたいな人間的な感情と無縁なソラにとっては、未来永劫フォロワーの数だけが絶対的真理だ。

「……」

無意識にまたタップしてしまった液晶上でフォロワー数が、ソラと精神的双子だと言い張る私の欺瞞を嘲笑っていた。

機種変をして五日ぶりにアカウントにログインした、あの日。届いていた大量のコメントとリプライと未読メッセージを読み漁っても、しばらくの間、私は自分の身に何が起きたのか理解することができなかった。スマホと決別している間にタグ付けされた身に覚えのない動画が、自分の与《あず》り知《か》らぬところでバズっている可能性など想像もしなかった。

慌てて布団に潜った私は現実感を失いながら、書き込まれたコメント全てに目を通し直していった。「SUSHI-GIRL!!」。どこかの知らない外国人が、無心に寿司を飲み込み続ける私の食べっぷりをドープだと絶賛していた。「エロすぎる」。恍惚とした表情がエクスタシーを感じさせると一部のマニアが喜んでいた。「最初腹立ったが、観てみたら嫌なこと忘れた」。ソラが挿入した若者に人気のドラマ主題歌がハマっているらしく、そのバンドのファンが好意的に食いついていた。

「中毒性ヤバ。」

顔も名前も知り得ない小学生からの賛辞を読んだ時、自分の身に起きた僥倖《ぎょうこう》をようやく私はぼんやりと理解した。

これまで何度も深夜に目が覚めて、ベッドの上で震えながら「欲しい」と泣いたフォロワーが、自分を承認している。

じわじわと現実を嚙み締めた私はやがて喜びに打ち震えた身体が、滂沱《ぼうだ》と涙を垂れ流すだろう瞬間を待ち侘びて下腹に力を込めた。だが。いくら待っても涙が流れ出す気配はなかった。身体が震え出す気配はなかった。私はただ、布団の隙間から明け方まで窓の外を長い間、見つめていた。

「あ。次、浅草だ。ミクルちゃん、起きて！　降りるよ」

車輪が軋んで目を開けると、隣でソラがウールのケープを羽織り始めていた。急かされるように私もお揃いのオレンジピンクのケープを肩にかけ、前ボタンを留める。着物、ケープ、帯、和バッグ、草履に至るまで、ソラが張り切って今日のためにとレンタルしたものだ。和と洋をミックスした装いのため、着物の襟からはフリルが覗き、うなじを出して結い上げた髪は真っ白なレースの髪飾りで埋め尽くされている。淡いピンクの着物がいいというソラの要望に合わせ、私は色違いの淡い水色を選んだ。今回は予算度外視だという気合の入れようからも、ソラが今日の撮影にどれだけ賭けているのかが伝わる。

「今日はもうとにかく頑張ろ？　死んでも頑張ろ？　こんなこと一生にあるかないかだもんね。今日、絶対勝負ね？」

必死に訴えかけるソラに同調し、「そうだね！　親が死んでも頑張ろ？」とミラーリングで私も応える。

電車のドアが開き、地下鉄特有の澱んだ風が乗車した途端、ソラはホームへと降り立ち、改札を目指し始めた。

「やっぱ企画変更して正解だったね」

聞き取りづらいソラの言葉に、私も「だね」と着物の足捌きに苦戦しながら相槌を打つ。

前々から予定していた代々木公園での私のバースデーピクニックを急遽、「都内映えスポットを巡りながら／映えスイーツを食べまくって／映え動画を撮りまくる」という企画に変更したのは、つい十二時間前のことだった。「みんなが求めているミクルちゃんはミクルちゃんじゃなくて、大食い恍惚女子としてのミクルちゃんだから！」と言い出したソラに私は全てのディレクションを一任した。私自身に誰も興味がないなんて分かりきったことだった。実像など、私もいらない。

前を見ると、先を行くソラの頭上でバルーンが人を嘲るように揺れていた。

――HAPPY BIRTHDAY!!

ハートの表面で躍る、祝福の言葉をじっと見つめる。この世は素敵な場所だ。この世は素晴らしい場所だ。私のマインドがチェンジすれば今この瞬間から世界はそうなるし、私のマインドがチェンジすれば私は一瞬で幸せになれる。だから今、私が幸せになっていないのは私の意思でしかなかった。こんなふうに自暴自棄になってソラの企画した愚かしい動画を撮ろうとしているのは、私がまだ、フォロワー数すらも自分を救わないこの世界に固執し、自分が惨たらしい目に遭うことを望んでいるからでしかなかった。

「そだ。誕生日プレゼント、今日中にリクエストしてね？　さすがに引っ張りすぎだから」

何度もソラから急かされていたことを思い出し、適当に、うん、と答えておく。

本当にリクエストしたい願いなら、既に今朝思い付いていた。

〈もう二度と　SNSができない身体にしてほしい〉。

目が覚めた瞬間に思い付いたこのコメントを、私は今でも固定ポストにしたいほどだった。

何人もの旅行客が和装の私とソラを見て、嬉しそうにスマホを向ける。見れば自分達のような着物姿の日本人もどきの若者はあちこちにいて、雷門前はコスプレイヤーの集うコミケ会場のように賑わっていた。人々でごった返している仲見世通りを進み、人形焼専門店を目指す。店の敷地にある東屋《あずまや》に、二百個の風鈴がひしめき合っているという浅草で最近話題の映えスポット。草履の鼻緒が指の股に食い込んでくる痛みに耐えながら何度もつんのめっているうち、ようやくレトロな商店街のアーケードが見えてきた。

「わ、よかった〜。先月からちょうど風鈴、青色に変わったって」

来るのは既に二度目だというソラがスマホで情報を確認しつつ、「いたいた」と前方に軽く手をあげた。

「――誰？」

ソラの目線の先に男がひとり立っている。若いカップルや私達と同じような着物姿の女子グループに混じって、ポツンと佇んでいる黒ずくめの男はどことなく周囲から浮いていた。

「誰って。昨日の夜ＤＭしたよね？　やっぱ今回は絶対に外せないから気合入れて撮影者頼もって」

ああ、と私は返事した。そういえば既読をつけただけのメッセージがあったことを思い出す。

「あの人が撮影してくれるの？　知り合い？」

「ううん。そういうＳＮＳ専用の撮影やって編集もしてくれる会社の人。私そこに登録してたまに使うんだけど、今回めちゃくちゃ直前だったのに手配できてよかった。ラッキーだった」

手早く説明しながら人形焼屋の前に到着したソラは、「sora です。今日一日よろしくお願いしまーす」と店の看板の前で立っていた男に向かって、にこにこと両手を胸の前で振ってみせた。

「……よろしくお願いします」

かろうじて聞き取れる声量で男がマスクの奥から挨拶を返す。その途端、

「あれ？　もしかして前回の人と同じ人？」

とソラが声を半音上げ、キャップを被った男の顔を覗き込んだ。「……山田です」。男が顔をそらしながら短く答えると、マジか～、やっぱ山田さんだ～。とソラは無邪気にはしゃいだ。顔見

知りらしかったが、男の方には再会を喜んでみせるような素振りは一切ない。

私達と挨拶している間も、男は終始、見えない壁をうっすらと作り続けているようだった。

自分よりかなり若くて長身のソラが、子供に挨拶でもするように顔を覗き込んだのが不快だったのだろうか？　身についた習性のように人と距離を置くその様子からは自意識の気配が滲み出ている。黒一色で揃えた衣服は無難としか言いようがなく、浅草寺にでも寄ったのか身体には線香の匂いがほんのりまとわりついていた。遠目では四十代の可能性もあると思っていたが、そこまで歳上ではないのかもしれない。ＳＮＳ関連の仕事をしているのなら三十代半ばとか？　疑い深そうな目つきが、完全にＳＮＳ弱者の目つきだった。

初対面の人間のフォロワー数を無意識に計測しようとした私から逃れるように、男は背負っていたビジネスリュックを地面に置き、機材のようなものを取り出し始めた。三脚と大きめのＬＥＤリングライトと一眼レフのような撮影機。これで動画も撮影できるのかと思っている私の目の前で、男は首からカメラをぶら下げた。贔屓目に見てもプロというよりはこだわりの強い素人という印象が上回る。

中途半端に大きめのマスクは下ろしたてらしく折り目がまだ残っていた。真っ白な不織布から露出した肌が荒れているように見えたが、キャップのツバが邪魔でそれ以上は確認できない。

「ミクルちゃん。山田さん、感じ悪いけど、仕事は丁寧だから大丈夫！」

悪気なくそう紹介された山田さんは心を一切込める気のない黙礼で、私に挨拶を済ませた。

ミクルです。よろしくお願いしまーす。スマホを顔面に突きつけてフォロワー数を見せつけてやりたい。内心そう思っていることがバレない程度に愛想良く、私も最低限の挨拶で返した。

山田さんはにこりともしない。

やがて首から下げたカメラを手にした男は、

「……とりあえずあの東屋を背景に、ツーショットでいいですか」

と言いながら淡々と仕事に取り掛かった。


「あ。ちょっと待って、山田さん。今日お願いするのはただの映えスポット巡りじゃなくて、スイーツ爆食い動画なんで」

既に東屋の方へ歩き出していた山田さんはソラに呼び止められ、無言のまま振り返った。

「私達ここで並んどくんで、山田さんはまずあそこの店で特大くまちゃん人形焼を、とりあえず、えーと、四つかな、いいですか？　あ、そだ。領収証も『消えもの』でちゃんとお願いします」

そう言ってソラがGUCCIの財布から取り出した二枚の千円札を、山田さんはじっと見下ろした。はい。やがて入力された音声のように呟くと、ソラの指から紙幣を抜き取り、店の入り口へと進路を変えた。その後ろ姿が完全に、中年コミュ障の後ろ姿だった。

「あんな雑用みたいなことまで頼んでいいんだ？」

東屋の列へと移動しながら私が訊くと、

「うん？　撮影全般が込み込みの料金だからね？」

とソラは質問の意味が理解できなかったらしく小首を傾げた。化粧の最終チェックをするつもりだろう。早速巾着からデコラティブなシールが強迫的に盛られた折りたたみミラーを取り出している。

「あの人って、プロのカメラマン？」

「さあ？　副業じゃない？　プロだったらこんな仕事しないでしょ」

山田さんへの興味は一切盛る気がないらしいソラは美容系インフルエンサーが絶賛していたという下地を取り出して、小鼻の毛穴を指で埋め始めた。いつもならそんなソラとシンクロするためにお揃いの下地を取り出す私の指は、無意識にスマホを求めて巾着をまさぐっていた。指に触れたコスメがカチャカチャと小さな音を立ててぶつかり合う。取り出したスマホの液晶に指紋が確実に薄くなったような気がしてならない親指を自殺行為のように押し付けると、この短時間に数字がまた一段と膨れ上がっていた。

……もう何も自分を救わないことが決定的になったのに、まだこうして未練がましくフォロワー数を確認せずにいられないその理由が、自分でもわからない。マインドも世界も何ひとつ変わらないと知っていながら、何度も何度もタップしてしまうのは報酬系のドーパミンが放出されるから？　目を見開いて数字を凝視している私の隣で、ソラがミニビューラーを取り出し、パーマの取れかかったまつ毛を根本から上げにかかろうとしていた。

末梢神経が痺れていく感覚に浸って数字を見つめていると、限界まで上げられるまつ毛よりも見苦しいことをぼんやり考えている自分に気づいて、ハッとした。

「もっともっとフォロワー数が増えれば救われる。救われるよね？」

――懲りもせず、私はまだ希望を捏造しようとしているのだった。

自分への浅ましい期待がまだ潰《つい》えていない、という事実を知った私は、巾着の紐を強く握りしめた。

何故、私の自意識と承認欲求はこんなにも不屈なのだろう？

呼吸が浅くなり、首元のフリルを搔き毟りたくなって顔を上げると、人形焼の紙袋を抱えてこちらに戻って来る男の姿が目に入った。

〈浅草名物くまちゃん特大焼！〉は想像以上に特大で、二つ並べればソラの顔が余裕で隠れるほどのサイズだった。

山田さんから受け取ったおつりと領収証を財布にしまったソラは、「じゃあミクルちゃんはこれ持って」と私に四匹のうちの二匹のくまを差し出し、「山田さん。私サクッと導入作るんで、そのあとは基本食べきりまでずっと撮影しちゃって下さい。あとで全部早回しにして繫げるんで」と慣れた様子で指示を出した。

「これ、二つとも食べきるの？」

「うん？　欲を言えば三つだけど、でもミクルちゃん、別に大食いでもなんでもないからね。とりあえず頑張って二つは完食しようね。あっ、でもこの後も食べ続けるから余力は残そうね」

いざとなったら編集でどうにかしてくれるだろう。そう思っていた私は、もはや浅ましい期待を捨て切れない自分が受けるべき処刑をソラが下しているとしか思えず、「分かった」と人形焼を受け取った。食べ歩き用にとくまの下半身が薄い紙で包まれた人形焼はどっしりと重く、カステラの素朴な甘い匂いが鼻先まで漂った。焼きたてなのか、まだほんのり温かい。

「……カスタードがいちばん人気だと言われたので、それにしました」

背後に横入りした山田さんが三脚の脚を伸ばしながら呟いた。

「午後には完売するらしいです」

「ミクルちゃん、大丈夫！　このくまデカく見えるけど、口の中に入れたら溶けてなくなるらしいよ？」

処刑場に向かう気持ちで並んでいる私のやる気を、先ほどからソラは強引に高めようとしていた。ふと、本当のことを全て彼女に打ち明けたらどうなるのだろうという想像がよぎる。私がスイーツが大好きな友人でも、ミクルでもないことを打ち明けたら。ＳＮＳ上でソラと知り合った私は、自分の本名さえ彼女に明かしていなかった。

「ミクルちゃん、順番来たよ。ミクルちゃん？」

そう肘を突かれてくまから顔を上げると、前にいたカップルがスマホを確認しながら脇を通り過ぎて行くところだった。入れ違いで中に入った東屋はありきたりなレトロモダンが演出された、チープとしか言いようのない空間だった。色彩へのこだわりだけが哀しいほど強い。温度によって色が変わるという、今は真っ青な短冊の風鈴が、梁から至るところに下げられて頭上を埋め尽くしている。チリンチリンと小さな音を立てているので柱を見上げると、小型扇風機が堂々と仕込まれて風を送り込んでいた。情感も風情も存在しないが、ここで何をしてもらいたいかという店側の意図だけははっきりと透けて見える。

「山田さん、この動画は絶対さっき指定したアングルからで」

リングライトを設置した山田さんはソラに指示されるがまま東屋の外に立った。先ほどプロならこんな仕事はしないと断言した、ソラの言う通りだった。全ての構図が撮る前から決定され、被写体は決まっている表情しか作らない。自分よりひと回り以上若い女に顎で使われながら、山田さんは一体どんな気持ちでこの仕事を続けているのかと意地の悪い興味が微かに湧いたが、どうせまた温度のない目がマスクとキャップの間から覗いているだけだと、私は手の中の人形焼に意識を戻した。

「じゃあオープニング、作っちゃうんで。止めずに最後までお願いしまーす」

レースに覆われた手をあげたソラから開始の声がかかった瞬間、私の顔が素早く笑顔を象《かたど》った。見るものに「ああ、笑顔だな」という感想しかもたらさない表情筋の運動だ。

だがこの顔を作ることで、私は自分がシンプルなものに少しだけ近づけることを知っていた。私から自分という煩わしく鬱陶しい厚みが取り除かれることを知っていた。

思いきり頬張ったくまの頭は足掻こうとするように喉に詰まり、なかなか飲み込むことができなかった。

「ミクルちゃん、すっごくいい食べっぷりだったよ！　よかったよ。神がかってたよ。とりあえず疲れたよね？　この後もあるから少し休も。休んだらまたよろしくね？」

自販機から戻ってきたソラが興奮しながら飲み物を差し出した。

お〜いお茶とコカコーラゼロとDr・ペッパー。炭酸系など見るのも苦しく、消去法で普段は飲まない緑茶を選ぶ。浅草のあと、タクシーで皇居に移動した私達は二重橋を背景にレインボーみたらし団子を食べ、その後、銀座に移動して最新のデジタル技術を駆使した没入型ミュージアムで液体窒素を使ったフローズン・ドーナツを完食した。このまま六本木に移動しようというソラに一旦休憩したいと頼み込んで、ようやくこの、たまたま見つけたベンチに座り込んだのだ。建坪率の都合で作らざるを得なかったのだろう、マンション脇の中途半端な一角。銀座通りが建物に区切られて小さく見えた。

「あれ、渋いね。それ、山田さんっぽいかなと思って買ってきたのに」

ソラはそう言うと、緑茶のペットボトルを私に手渡し、残り二本を振り返った方向へ掲げてみせた。

「どっち飲みたいですか？　どっちでもいいですよー」

私達が座っているベンチから少し離れた花壇の縁に、山田さんは腰掛けていた。十一月の柔らかな陽光が降り注いでいるベンチとは違い、山田さんのいる場所には建物の影が落ちている。何も育てられている形跡のない花壇に座り、取り出したウェットティッシュで指先を拭っていた山田さんはソラの手元に視線を走らせると、「……じゃあ」とコーラを指差した。

「おっけおっけ。じゃーDr・ペッパーはソラが飲むね」

ペットボトルを山田さんに渡したソラは、ベンチに戻るなりレースの手袋を外して満足げに息を吐いた。

「うん。このペースで三カ所回れたのはいい感じだね。この調子で頑張ろ？　あとは六本木と新大久保と……あ、そうそう、ピューロランド！　パレードの時間があるから移動経路がマジ肝だね」

「本気で今日中に全部回るの？」

「うん？　だってミクルちゃんのバースデー企画だよ？　今日中じゃなきゃ意味なくない？」

食べる私を隣で応援するというポジションを志願したソラは体力も気力も有り余っているらしく、スマホを触りながら朝の撮影で残ったたくまの頭を口に入れ始めた。

「見て？　これだけの人がミクルちゃんをフォローしてる。どれだけすごいことか、わかるよね？」

ミクルちゃんのこと、フォローしてる。今この瞬間も世界中で誰かが
ソラのスマホの画面上で数字は桁をひとつ増やしていた。思わず吐き気が込み上げそうになった。私は胃の辺りに手を当てたまま、「わかる」と頷いた。

「この数字がミクルちゃんの価値だって、わかってるよね？」

「わかる」

頷くと、目の前に突きつけられていた画面がすっと降ろされた。

「そうだよね。だから今日はもうとにかく頑張ろ？　死んでも頑張ろ？　こんなこと一生にあるかないかだし、ほら、コメ欄もすごいよ。ミクルちゃんが食べてる姿見て生きる勇気もらってる人もたくさんいるんだ」

「うん。頑張る！　親が死んでも頑張る！」

ソラにシンクロしたい一心で無理やり笑顔を振り絞ると、ソラも安心したような表情を浮かべてペットボトルに手を伸ばした。少しの間、蓋と格闘したあと、すぐに諦めたらしく花壇の方を振り返った。

「山田さ〜ん。開かないです」

先ほどから私達の会話には参加せず、黙々とカメラを覗き込んで動画をチェックしていた男がゆっくりと顔をあげた。彼の脇には手付かずのままのコーラが放置されている。

「……」

立ち上がりペットボトルを受け取った山田さんは、リアクションを一切挟むことなく蓋を捻った。

「うおお。やっぱ男の人だね。力あるんだね」

ソラのセクハラまがいの発言も聞き流し、山田さんはすぐに日陰の中に戻っていった。動画チェックを再開した様子を見て、ソラが懲りずに声をかける。

「お昼、今のうちに食べといた方がよくないですか？　このあとソラ達、特に食事休憩とかも取らないよ？」

そういえばソラが余った人形焼を山田さんの分だと渡していた気がするが、食べたような様子はない。と言うよりあのコーラを含め、私は山田さんが何か口にしているところを朝から一度も目にしていなかった。

「……適当に、後でつまんでおきます」

想定内の答えに、「じゃあマスクくらいは外してもいいんじゃないですか？　私達、気にしないし」と私はベンチから口を挟んだ。その途端、

「大丈夫です」

と思いのほか苛立った口調が返ってきて、ハッとする。……マスクのことは触れられたくない話題だったのか？　そう訝しんでいると、銀座通りの方から時刻を知らせる柔らかな鐘の音が鳴り響いた。

「あ、近くに薬局あるな。ここからすぐっぽいから今のうちに胃薬買っとこうか？」

山田さんの微妙な声の変化を聞き分ける日など一生来ないだろうソラがスマホから顔を上げた。ミクルちゃん休憩してて。ついでにチェックしたい新作の菓子がある。そう言い残してソラが去ってしまうと、山田さんの手元から動画の音声が漏れていることに気づく程度に、広場は静かになった。

「……」

好奇心に負けて、緑茶を口に含むふりをしながら日陰の中にいる男を横目に入れる。Lサイズのマスクはいつの間にか取り替えられたらしく、また下ろしたての折り目がついている。乾燥しているのか、赤みがかった肌はやはり少し荒れているように見えた。目元は深すぎるほどはっきりとした二重。ふさふさと音がしそうなほど豊かなまつ毛に初めて気づいた。少女のようで本人の印象とのギャップが否めない。この男がやけに深くキャップを被っているのも、マス

クと同じ理由があるに違いない。そう勘繰っていると、

「さっきの」

と唐突に山田さんが声を発したので、どきりとした。

「さっきの？」

顔を盗み見ているのがバレたのか？　さりげなく目を逸らしながら聞き返す。だが楽しく会話をする気などさらさらないらしい山田さんは編集の手を休めずに言った。

「あれって、本気なんですか？」

なんのことかわからない。今度は聞き返さずに黙っておく。

「フォロワー数が自分達の価値だって、あれ、本気で言ってるんですか？」

「――ああ」

そこまで言葉にされ、ようやく相手が朝から自分達と距離を置いている理由を理解した。興味のない振りをして、さっきの会話に耳をそばだてていたのか。その語尾のほんの微かな上がり具合から、不織布マスクの下で歪む、半笑いの口元を想像した。

男から染み出し始めた侮蔑の気配に気づかないふりをしながら、私は、

「事実ですけど」

と返した。

「フォロワー数がその人の価値ですよね？」

音声に掻き消されて私の声が聞こえなかったのか、山田さんは何も答えない。

「それ以外に大事なことって他にありますか？」

しつこく被せてみても、やはり山田さんからの返答はなかった。

「わっ、すご。えっ、すご。ちょ、すご。え、すご？　すごすぎ？　すごない？　マジ？　マジなのか？　ミクルちゃん！　すごない？　マジか？　すご！」

六本木の一等地。老舗の高級ブランドが一棟まるごと所有するビルの最上階に特設されたシャンパン・ショコラ・ガーデンで、私は映えスイーツを完食する機能だけを実装された装置だった。休憩と、ソラの買ってきた胃薬で多少は膨満感が軽減し、元気をわずかに取り戻したとはいえ、三段のケーキスタンドを前に胃はすぐさま悲鳴をあげ、横隔膜を震わせて悶絶し始めた。

それでも死に物狂いで笑顔を誇示し、フランスの有名店で修業したというパティシエが考案した、アフタヌーンティーセットを吐き気とともに頰張っていく。この一口が100いいね！　この二口が200いいね！　あとで消すつもりなのだろう、適当な掛け声を始めたソラに合わせ、チョコレートモンブランやエクレアを胃に処理していくと、身体が抵抗して熱い液体を目から流し始めた。

そんな私の姿を、山田さんが蔑みながら撮影していた。

おそらくは最初からそうだったのだろう。私が気づけなかっただけで、あの男は徹頭徹尾あのマスクの下で私達を嘲笑っていたのだろう。もうそのことを隠そうともしない山田さんは三脚にセットしたカメラから顔をあげると、グラスに注がれたシャンパンよりも冷え切った、硬質な眼差しをこの場所に注いだ。

　茶色いスコーンに手を伸ばそうとする私と目が合うと、山田さんは薄汚いものを追い払うかのように視線をゆっくりと移動させた。

　――何故、山田さんみたいな人間が他者をあんなふうに見下せるのかわからない。どうやってあの歳まで自分に絶望せず生きてこられたのかわからない。もし明日目が覚めて自分が山田さんになっていたら死だ。一日も耐えられず、私は死を選ぶ。

　三段のケーキスタンドを食べきったあと私は立ち上がり、涙の跡を拭いながらトイレへと向かった。

　不条理なまでに美しい個室でひざまずき、少しの音も立てずに洒落たアフタヌーンティーセットを胃から便器の中に移動させていく。食べ物を粗末にするなと躾けられてきたが、撮影するために作られた映えスイーツを吐き出すことに心は一切痛まない。

「無理しすぎじゃないですか」

　茶色く染まった水を流したあと口元を拭いながら席に戻ると、背後から声をかけられた。テーブルにはまだ少しだけ中身の残ったシャンパングラスと空になったケーキスタンドが残っているだけでソラの姿はない。私の背後にはスマホを触っている山田さんしかいなかった。

「そこまでして、しがみつきたいんですか？」

　私が今、トイレで何を済ませてきたかお見通しなのだろう。天井から無意味に垂れ下がった透けたゴールドの布の向こうに山田さんは立っていたが、私への嘲笑と嫌悪感は布を易々と貫通していた。どうやらずっとスマホを触っていたようだから、私のアカウントを見つけ出したのかもしれない。

「バズったくせに、まだ満足しないんですか？」

思った通り、山田さんはあの寿司動画を観たことを匂わせてきた。

「……フォロワー数でしか人を見ない世界がいいんです。シンプルだから」

レジで領収証を頼んでいるらしいソラに視線をやりながら私は短く返した。この行為が公開処刑でしかないことなど話す必要がなかった。山田さんにとって私は無視し難いほど侮蔑の対象なのかもしれないが、私にとっても山田さんはただのＳＮＳ弱者でしかない。弱者の放つむせ返るような自意識に当てられていると、胃を破裂させかけてまでスイーツを喉の奥に押し込んだ努力が無駄になりそうで、私はバッグから白いケースを取り出した。

まだ何か話そうとしている山田さんの目の前で、イヤフォンを耳に押し込む。

「……」

私のような女に相手にされない理由が色々と思い当たるのだろう。山田さんはそれ以上話しかけてこなかった。

――承認されたくて承認されたくていつも死ぬほど震えているのに、目の前の人間からの関心は煩わしいとしか思えない。

歯の裏にまだ映えの残骸がこびり付いている気がしてグラスを手にした。どうして自分はこんな人間なのだろうともう数え切れないほど繰り返した自問を、発泡しなくなったぬるい液体でとりあえず誤魔化した。

蛇行した行列に大人しく並び、私の姿を入れまいとするかのように先頭を凝視し続けている。新大久保で大人気だという韓国の伝統的おやつをアレンジした新感覚スイーツは、一枚一枚丸い鉄板に生地を押し当てて焼くスタイルで、店員の手際が悪いのか提供までに時間がかかりすぎていた。

雑居ビルと雑居ビルの狭い隙間。笑ってしまうほど進まないキッチンカーの列に並び続ける山田さんの姿を、私は高速でスクロールさせているスマホ画面から目をあげて、時折、確認した。車道を挟んでちょうど真向かいにある、まだ営業していないホストクラブの階段に座っている私の足元には、聞いたこともない男性アイドルグループの路上ライブのチラシが散乱している。一緒にいたソラはしばらく前にどうしても欲しいドンキ商品があると言ってフラフラと行ってしまった。当分帰って来ないだろう。

隣のブロマイドショップから流れてくる甘やかなK-POPを聞き流しながら、私は山田さんのマスクの下の表情を想像していた。屈辱に歪んでいるだろうか？　自分の尊厳がふざけきった韓国スイーツに踏み躙《にじ》られる音を、鼓膜から血を噴き出しながら聞いているだろうか？　ソラが千円札を差し出し山田さんをパシらせる光景を見ても、私はもう何も感じなくなっていた。山田さんも相変わらず何も思っていないような顔でお金を受け取っていた。本心は、違う癖に。

三十分以上かけて男の、ここ数週間のツイートをざっと流し見終えた私は、ゴツめのケースを装着したスマホをスリープさせ、息を吐いた。疲れた両目を瞼の上から強く揉んで眼球のコリを解《ほぐ》す。

通りを行き交う大勢の通行人のお陰で、持ち主の目を盗んでビジネスリュックのサイドスリットにスマホを戻すのは容易だった。

パスコードを盗み見ただけで、あまりにもあっけなく今日会ったばかりの他人のプライバシーを手に入れてしまえたことに自分でも驚く。山田さんのフォロワー数を知りたい。なんとなく興味が湧いただけだったのに。

三十六歳で未婚。前職は配送ドライバー。お馴染みの制服に身を包み、荷物を各家庭に届ける山田さん、というイメージがうまく持てなかったけれど、彼はつい先月そこを人間関係のトラブルで自分から辞めたばかりだった。最近の高額の買い物は怪しい水を使った一万八千円の化粧水。最近調べたのは東京都の人口。Amazonのほしい物リストには、アブズベルトのSIXPADが保存されていた。十五年以上住み続けているアパートの家賃は五万五千円で、もうすぐ二千円値上がりすることに強い苛立ちを覚えているらしい。美大の映像学科出身。フォロワーは二人……。

もしかするとSNS全般を憎み距離を置いているのではという推測は、ロックを解除して瞬く間に訂正された。ネット上の山田さんは饒舌で、最低でも一日三ツイートをマイルールにしている人間だった。その内容はほとんどが孤独な独身男性が放つ誰にも届かない独り言だったが、どのコメントにも潰れた膿のような私怨があまりにも無自覚にまぶされすぎていた。

〈問題のいちばんの原因は、馬鹿な女が多すぎることである〉〈恋愛は創作物〉〈バズって喜ぶやつは民度がクソ〉〈フェミニストに対する正しい対応は半笑いだけ〉〈外見のいいやつは九割が無能〉〈生きること＝自分以外の誰かを傷つけること〉……。

〈馬鹿女の顔面をスイーツに埋めて窒息させたい〉。

山田さんの固定ツイートを見た瞬間、息が止まりそうになった。

何故、私がずっと心の奥底に秘めていた願望が彼にバレているのだろう？　何故、私でさえ言葉にできていなかった本当の欲望が、山田さんの固定ツイートと一致しているのだろう？

映えスイーツに埋もれて窒息したい。できれば手足を縛られ、無理やり窒息させられたい。もう二度とカメラの前で笑えなくなるくらい惨めでひどい目に遭わせてほしい。自尊心をズタズタに踏み躙ってほしい。これ以上ないほどの笑い物にして私を絶望させてほしい――固定ツイートを見た瞬間、蓋をして見ないようにしていた願望が堰を切ったように溢れ出した。

〈もう二度と　ＳＮＳができない身体にしてほしい〉。

ガードレールに結びつけられているハート型のバルーンに目をあげると、今朝固定ツイートにしようとしていた言葉が蘇った。今日が私の誕生日だったことを思い出す。

「なんで配送の仕事、やめたんですか？」

話しかけられたことに驚いたのか、その内容にギョッとしたのか、山田さんは僅かに顔を強張らせながら機材に落としていた目線をあげた。

相手に主導権を握られることが何より嫌なのだろう、山田さんは釘のように硬く鋭い眼差しで私を見返すと、「どうしてそのことを」とも「アカウント誰かに聞いたんですか」とも「俺のス

マホ、触りました？」とも訊かず、

「……合わなかったからです」

とだけ答えた。

「じゃあ、どんな仕事なら合うんですか？」

私は両手の中の、山田さんが買ってきた新感覚ホットクを見下ろした。もちもちのパンのような生地の隙間からキムチと黒糖きなこ、そしてイチゴという未知の組み合わせが顔を覗かせている。面識のある人気YouTuberの子と偶然イケメン通りで鉢合わせをしたというソラは、急遽その子と一緒に動画を撮ることになったと連絡を寄越したきり、戻って来る気配はなかった。

風に乗って香水の匂いが流れてきたあと、私と山田さんの間をお揃いのシルバーのコートに身を包んだ三人の男子が横切って、一瞬目を奪われる。日本人なのか韓国人なのか見分けもつかないああいう男子にメイクを習えば、山田さんもマスクを外そうと思えるんだろうか？　この街の空気に馴染むまいと頑なに身体を強張らせている山田さんは、意味もなく尿意を我慢している子供よりもユーモラスだった。

山田さんは背負ったビジネスリュックのサイドスリットに手を当てて、そこにスマホが入ったままであることを確認しているようだった。

「山田さんが心からやりたいことって、じゃあ、なんなんですか？」

親ですら知らないこの男の本性を知ってしまったという事実が私の気を大きくしていた。

急に馴れ馴れしくなった私を山田さんは明らかに警戒していた。無表情を保ったまま口を閉ざしている。

「私達みたいな馬鹿女を嫌いになったのって、昨日とか今日の話じゃないですよね？」

踏み込んだ質問に、豊かなまつ毛に囲まれた目元がピクリと動いた。少なくともアカウントが身バレしたことを理解した様子の山田さんは、「……どうやって特定したんですか？」とマスクの向こう側から固い声を押し出した。人のツイートは詮索するくせに、自分は知られたくなかったらしい。

「なんで私達みたいな女が嫌いなんですか？　どの辺が嫌いなんですか？」

行き着く先もわからず始めてしまった会話を、私は強行的に押し進めようとしていた。小笠原智広のiPhoneを盗み見て、「山田」さんが「ミクル」と同じ偽名だと知った時、私はこの男をめちゃくちゃにしてもいいという許可を与えられたと感じた。少なくともこの男が私をぞんざいに扱うくらいには、私もこの男をぞんざいに扱っていい。そう感じた。

ソラの顔はまともに見ることもできないくせに、私なら正面から凝視できるらしかった。双子コーデでシンクロした私達をランク分けした、男にとっての基準を知りたい。目の前をキンパを食べ歩きする団体が通り過ぎたあと、ガードレールに寄りかかるように立っていた山田さんは、

「……フォロワー数が、自分の価値だと思ってるところが嫌いですね」

と微動だにしないまま言い放った。

「馬鹿だから？」

私の質問に、山田さんがどこか解放されたようにせせら笑う。「そんなに人から承認されたい

んですか？」

「されたいです」

どうせ蔑みしか返って来ない。そう知りながら即答したが、男の口から返ってきたのは、「俺は自分の価値より収益が欲しいです」という意外な言葉だった。

「……お金が欲しいんですか？」

山田さんがはっきり金と口にしてしまえる人物だったことに内心驚く。自尊心が高すぎて、そんな俗物的な発言は死んでもしないだろうと思っていた。冗談だと誤解したのか、山田さんは乾いた笑いを漏らしてから言った。

「とりあえず俺があんたなら、もっとちゃんと顔を弄《いじ》ります」

「……その後は？」

「弄った顔で、フォロワー増やして、更に収益に繋げます」

「それじゃ結局、私とやってること同じですよね？」

ルッキズム社会をＳＮＳであれほど罵りながら、自分は他者を平気で外見で判断する男。私とソラを選別した基準にも合点がいきながらそう尋ねると、

「そうですかね。少なくとも金は、手元に残りますよ」

と山田さんは横を向いて小さく鼻を鳴らした。

今までずっと我慢していたのだろう。男は撮影中もマスクの上からしきりに頬を掻くようにな

った。マスクで肌が荒れる体質の人がいることは知っている。ようやくコロナが落ち着いてくれたのでこれで治療に専念できる、とYouTuberが喜んでいる動画も見たことがある。「とにかくマスクを外して顔に何も触れさせないこと」。山田さんがそんな単純な治療法を知らないわけがなかったが、人目を気にしてマスクで肌を覆い、そのことでますます肌が荒れていくという悪循環から抜け出せなくなったのだろう。マスクに限らず、山田さんはこれまでずっとそういうことを繰り返してきたはずだった。

　固定ツイートが、私の誰にも話したことのない願望と完全に一致する。そのことをソラと合流する前に、私は山田さんに打ち明けた。

　相変わらずガードレールから離れようとしないまま山田さんは訝しんでいた。それはそうだろう。私でも本気でパンケーキに顔を埋めて窒息させられたいという女が目の前に現れたら距離を置く。でもしばらくしてから山田さんは「……何目的なんですか？」と口を開いた。揶揄《からか》われている、というスタンスを崩そうとしないまま薄笑いを声に滲ませて続けた。

「あの固定ツイートの通りに、して欲しいっていうことですか？」

　男の真新しいマスクに視線を落としながら私は頷いた。

「こんなチャンスないですよ」

　まるでセールスマンみたいだな。そう思い、我ながら失笑が込み上げる。「こんなにお互いの望みが一致する相手と出会うことって、二度とないですよ」。私は突っ立ったまま黙っている山田さんに追い討ちをかけた。私の言葉に保証書が付いているか疑うように山田さんはホストクラブの階段に座る女をじっと観察している。

「ずっと、あの欲望を抑え付けてきたんですよね？」

その言葉がトリガーを引いたのかは分からない。だが目の奥でどす黒い炎を小さく上げた男を見て、彼がネット上で虚しい大口を叩くだけのタイプではないと直感した。多様性を謳《うた》う社会の中にさえデザインされなかった山田さんは、幼稚で暴力的な呟きを虚空に放ち続けることでギリギリ生きながらえてきたのだろう。私がフォロワーにみっともなくしがみついて生き延びていたのと同様に。山田さんはＳＮＳ上でしか、本音を吐き出せないタイプだ。

「これは、保険なんです」

男のどす黒い炎を消さないようにしながら私は言葉を並べていった。「もし私が映えスイーツを食べ切っても私のままだったら、その時は山田さんのツイートを実行して、もう二度と私をＳＮＳができない身体にしてほしいんです」

ヤバいやつのヤバい発言にしか聞こえない内容でも、目の前の人間が本気で追い詰められているという状況を、山田さんは同類の勘で理解したようだった。

「……」

編集作業を無言で再開した山田さんは、しばらくしてから手元に目線を落としたまま、

「……動画制作の依頼ですか？」

と問い返した。

私はその手元を見つめながら、「そうです」と了承した。山田さんが必死で絞り出した、その

野暮ったい口実を了承した。

「……考えておきます」

山田さんは独り言のようにボソリと呟いた。

本気なのか馬鹿にされたのか判断つかない口調だった。


「二人とも！　こんなに遅くなるまでありがとねー」

渋谷駅前のスクランブル交差点で拾ったタクシーに乗り込んだソラが、「これあげる！」と車体に支《つか》えてなかなか一緒に乗り込もうとしないバルーンを山田さんに差し出した。

計画通り、都内映えスポットを一日かかって制覇したソラの顔には流石に疲労が滲んでいたが、動画への予想以上の反響に対する喜びの方が遥かに上回っていた。

こんなに再生数爆上がりするなら、次も絶対山田さんにお願いするね！　ミクルちゃん、次の企画もすぐ考えようね！　動く窓の向こうからそう叫ぶソラを見送った私は、もう二度と会うこともないだろうな、と振っていた手を下ろした。

どれだけミラーリングをしても、私はソラにはなれない。

初めから分かっていたことだ。

タクシーが行ってしまうと、私と山田さんだけが残された。クラクションと飲み会に行く人々の大声に邪魔されたような間が少し流れたあと、山田さんはバルーンを摑んだまま上着のポケットに両手を突っ込んだ。

「……じゃあ」

それだけ言って、目を合わせることもなく青になった歩行者信号を渡り始める。

さっきの話をなかったことにしたらしい男の背中を私は黙って見送った。山田さんとも、もう会うことはないだろう。スクランブル交差点で肩と肩をぶつけ合う人々の頭上でハートがゆらゆらと揺れている。小さくなったバルーンが駅構内に吸い込まれた頃、やっと来た空車のタクシーに私は手をあげた。マンション最寄りの駅名を告げてシートに身を預ける。エアコンの温風が屋上展望施設で冷え切っていた身体をゆっくりと温め始めた。マッチングアプリと転職サイトの看板が後方に流れていく。

地上229m。渋谷の新名所になった超高層ビルの屋上先端部分で強風に煽られながら、私は最後のユニコーン・マカロン・アイスクリーム・サンドウィッチを四十分ほど前に完食した。

今日一日全ての動画をその場で山田さんが編集し、目の前でアップした、あの瞬間。

私は下腹に力を入れ、今度こそ私が変わる衝撃に、備えた。今変わる。今この瞬間、変わる。少しタイムラグがあるだけで変わる。変わらないと見せかけて変わる、と――。

だが、いつまで経ってもやはり世界は不愉快な場所のままで、Google マップは常に私を迷わせようと陰謀を企んでいて、私は見知らぬ親父の糠漬け動画を見ることでしか自分を回復させられない私のままだった。マインドはチェンジせず、不快であるはずの世界が一瞬で素晴らしい場所に生まれ変わるという奇跡は、とうとう起きなかった。

いつも通り、私には自意識と承認欲求が寄り添っているだけだった。

消費者金融の看板の中から知らない女が自分を見下ろしている。窓を少しだけ開けると、渋谷の騒音と甘栗臭い夜気が車内に流れ込んできた。だが、甘栗なんて私が勝手に記憶と結びつけているだけだ。どこにもない。私がまた存在しないものを自分に都合よく捏造しただけだ。

こんな女を、山田さんが相手にしないのも無理はない。

目を閉じると、山田さんの真っ黒に塗り潰されたアイコンが瞼の裏に浮かんでは消えた。

来てくれたら、延長料金払います。

https://maps.app.goo.gl/18LDJ282zQVq7bK19?g_st = il……

潮風を受けながらシルバーピンクのバルーンを持った山田さんがシーサイドテラスに現れた時、私は彼に今すぐ謝罪したい気分になった。来る可能性はほとんどないと思っていた。

今日一日目深に被り続けていたキャップを、山田さんは風で飛ばされないようビジネスリュックの脇に引っ掛けていた。長めの前髪が後ろに靡《なび》いて、そのせいで額があらわになっている。また取り替えられたらしいマスクだけがしがみ付くように顔の下半分を覆っていた。

東京湾沿いの樹木が十万球の光で私達を包み込むのと対照的に、山田さんの目の中は沈み込むように黒一色に塗り潰されていた。

ＤＭ見てくれたんですか？　疲れてるのにこんな遠くまでありがとうございます。そんな白々しい言葉で取り繕う必要がないのは、このシーサイドテラスの位置情報と共に、延長料金の具体的な金額を私が追加で送りつけたからだ。あの価格を山田さんが不審に思わないはずがない。あの額は山田さんが熱心に調べていた肌再生医療のページに記載されていた、幹細胞移植の費用。料金表から数字をそのままコピペした。

山田さんが数年かかっても貯められないであろう〈手元に残るもの〉を、私があっさり払えてしまえる人間であることをあえてわからせるためにそうした。私が別段裕福でもない親の老後用資金を使い、お台場までタクシーに乗るような女だと、親が老後のために購入した分譲マンションを占領し、日々フォロワーのことだけを考えて生きている女だと、山田さんには知っておいてもらいたかった。

「……一応、準備はしておきました」

私は東京湾の方を振り返りながらそう言った。

[ODAIBA]。私のすぐ背後には人間サイズの巨大アルファベットが白く発光しながら自立していた。死ぬまで山田さんがプライベートで足を踏み入れることのないだろうこの場所――ショッピングモールの公式サイトで「東京の夜景を独り占め！」と高らかに謳われている、この「フォトジェニック・スポット！」を私はわざわざ撮影場所に指定したのだった。

アルファベットオブジェの前には私が近くから運んだ屋外用椅子が一脚置かれ、その座面には、パンケーキが既にセッティングされていた。タクシーの行き先をお台場に変更したあと、慌てて検索して買った、生クリームとラズベリーソースがふんだんにデコレーションされているパンケーキだ。

私の読み通り、十万球のイルミネーションは通年点灯しているせいで片付け忘れたクリスマスツリーのようにありがたみがなかった。全ての商業施設が閉店した、この時間帯。お台場海浜公園からの冷え切った強風が吹き付ける十一月終わりのデッキには見渡す限り、人はいない。私と山田さんしか、いない。

道に吐かれた痰でも見るような眼差しをパンケーキに注いでいた山田さんは、

「……東京タワーと、レインボーブリッジが背景でいいですか？」

と事務的な口調で訊いた。

はい。と答えると、山田さんは椅子に近づいていき、その脚にバルーンを丁寧にくりつけた。山田さんがそのままビジネスリュックを下ろして照明機材と三脚を設置し始めたので、私も和装のために結いあげていた髪の毛をおろした。パンケーキに顔をねじ込まれるなら毛先までクリームに塗れてベトベトになる画の方がいい。少し考えてから上着も脱いだ。もうとっくに私服に着替えていたから、コートの下はセーターとニットパンツだ。

「……本当に、やるんですか？」

撮影用に余っていたカイロを貼り終え、風でぐちゃぐちゃになってしまう髪を手櫛で整えていると、山田さんがいつの間にか三脚の傍に立ち上がり、こちらを見ていた。マスクの上からはみ出た目に、感情らしきものはない。

「山田さんは、顔を隠してくれていいです。編集でなんとでもなりますよね？」

「……そんなもの撮って、どうすんだよ」

バルーンに向かって吐き捨てられた声があまりにも低かったので、一瞬誰か知らない男がそこに立っているのかと思った。

「……これをいつ、どんなふうに公開するかは、まだ決めてません」

山田さんの放った言葉が風下に飛ばされていくのを見届けてから、私は答えた。もちろん今のが、そんな意味の質問じゃないことは知ってる。

触れずに割ってしまえそうなほど鋭い視線をバルーンに注いでいる男がこの後、「SNSを断ちたいならアカウントを削除すればいい」とか、「そんなことをしてもSNSができない身体にはならない」などと真っ当なアドバイスをしてこないことを祈った。私の言葉が通じないのは知っているから、せめて理解したような真似はしないでほしかった。

取り憑かれたように自分以外のものになろうとする私と、取り憑かれたように自分のままであろうとする山田さんは同類だ。私達こそ、同じ両親から生まれた双子だ。だから表面上共感するパフォーマンスなど必要なかった。私達の間には華やかなパンケーキも、傷つけないように相手を気遣う配慮も必要なかった。私達はなんの手加減もなしにお互いを傷つけ合っていい関係だった。山田さんはなんの躊躇もなんの良心の呵責もなく、私の顔面をパンケーキにねじ込める人間であればいい。

椅子の後ろに回り込んでカメラを真正面に見ながら両膝をつくと、ウッドデッキが小さく軋んだ。

「抑え付けたあとも、私が合図するまで絶対に頭から手を離さないで下さいね」

提示したたった一つの条件を聞いても、棒立ちのまま山田さんは黙っていた。

「――ネット上だけ、強気なんですか？」

その一言で、レゴブロックみたいに硬直していた山田さんの指先がピクリと動いた。

「……合図に気づかなかったら、すみません」

山田さんはボソリと呟くと、耳に手をかけ、真っ白なマスクを外した。「俺の顔はあとで編集します」。丁寧に折り畳んだマスクを上着のポケットに仕舞い込みながら言う。不織布が汚れるのを嫌がったか、私がコンプレックスすら感じない対象になったかは不明だったが、突然晒された山田さんの素顔に私は咄嗟に目を凝らした。撮影用のリングライトの強い光に包まれた男の肌は粗が飛び、頰の辺りがゴツゴツと隆起しているらしいことしかわからない。

山田さんの顔は、すぐに三脚に設置されたカメラの裏側に隠れた。赤いランプがレンズの脇で点灯した瞬間、下世話な好奇心は吹き飛び、これから自分が始めようとしていることの愚かさに、口の中がからからに乾いていった。

こちらに近づいてくる山田さんの全身からも緊張が隠しきれていなかった。不安と、疚《やま》しさと、強い興奮――ずっと心の底に抑え付けてきたアンモラルな願望がついに成就する時、人はきっとこういう表情になるのだろう。

椅子の脚を両手で握りしめてオブジェの前で膝立ちになった私の背後に、山田さんが何も言わず回り込んだ。私は大きな目玉のようなレンズを瞬きもせず見つめている。波の音がさっきからうっすらと聞こえている気がして、東京湾に波など打ち寄せるのだろうかと意識が散っていると、男の湿った熱い手が後頭部に添えられ、ハッとした。意外なほど、繊細な手つきだった。山田さんがこうして生身の女に触れるのが人生で何度目なのかはわからない。男の手は、微かに震えていた。私も震えている。息が、うまく吸い込めない。

山田さんは私の頬の辺りにゆっくりと顔を寄せると、

「――笑わなくていいんですか？」

と耳打ちした。

この男の幾度となく繰り返された夢想の中で、馬鹿女はいつもパンケーキにぶち込まれる直前まで節操のない笑みを浮かべていたのだろう。こういう感覚が自分と同じだった。私も満面の笑みを浮かべたまま、ぶち込まれたい。

山田さんの熱い息が遠のくのを待って、私は頬に力を入れた。これまで数えきれぬほど感情とは無関係に表情を用意してきたお陰で、自分でも驚くほど完成度の高い笑顔が作れた。

いいですよ。

そう言おうとした瞬間、キュッと山田さんのスニーカーが鳴いて、後頭部は既に激しい衝撃を受けていた。抵抗する間もなく顔面がパンケーキの中に叩き込まれる。

もし山田さんが怖気《おじけ》付いたら、という心配は生クリームと一緒に跡形もなく吹き飛んだ。山田さんは私に呼吸器官があることなど忘れたかのように後頭部に力を加え続けた。ひっ、と息を吸おうとして舌がパンケーキの生地に塞がれる。甘さと苦しさから逃れようともがけばもがくほど顔中にべとべとのラズベリーソースが付着する。……奮発してパンケーキを三枚重ねにしたのも、縁のしっかりした蓋をその受け皿にしたのも正解だったな。頭の片隅で他人事《ひとごと》のようにそんなことを考えながら、もしかすると山田さんもほとんど絶望と変わらない、この虚しい感動のようなものを覚えているのだろうか、とふと思った。あの時布団の中からずっと見ていた、明け方の景色を思い出した。

ぐりぐりと手首を何度も捻った山田さんは水中から引き摺り出すように私の髪の毛を摑み、顔面をパンケーキから引き剝がした。ぷはぁっ。自分の口からアニメキャラみたいな声が飛び出したあと、山田さんが再び私を思いきりパンケーキに沈めるために手に力を込めたのがわかった。

少し前から山田さんの口からは、間抜けな笑い声が漏れていた。

私のみっともない自分への期待も、人としての尊厳も、やっと獲得したフォロワーからの評価も根こそぎ奪われるような、膝が砕けそうになる間抜けさで、よかった。

後頭部を自分から夢中になって男の掌に激しく押し付けていると、ふっと意識が遠のいた。

……そういえば、手を離す合図を決めてなかったな。山田さんの笑い声を聞きながら私はぼんやり思い出した。


波の音が薄く続いている気がして、目を開けた。

視界に入ったのは見覚えのない暗い軒下で、どうやら私はODAIBAオブジェの前ではなく吹きさらしの屋外用ベンチに寝かされているらしかった。

夜の外気で体の熱が奪われたのかあまりの寒さに身震いしながらゆっくりと身体を起こす。辺りを見渡したが、近くに誰かがいる気配はなかった。両サイドにデッキが続いていて、そのずっと向こうに犬を連れているらしき人影が動いているようだった。カイロを貼った腹部だけが熱い。

山田さんはとりあえずここまで一人で私を引き摺ってベンチに寝かせてから姿を消したのだろう。私の私物もコートも全てベンチの足元にまとめられていた。

ウェットティッシュがバッグの上に置かれているのを見つけた私はポーチから鏡を取り出し、顔と髪に付着した生クリームとラズベリーソースを拭き取った。顔全体がひりついていた。血らしきものが鼻の奥で固まっている。

ウェットティッシュをほぼ使い切った私はベンチからのろのろと立ち上がった。湿ったティッシュを握りしめたままフォトジェニックスポットまで戻ると、撮影機材も椅子もパンケーキの残骸も全てがきれいに片付けられていた。ODAIBA オブジェがひっそりと消灯していなければ、まるでパンケーキを持ってひとりでここに到着した時に戻ったようだった。

飛び散ったはずの生クリームの痕跡さえ、見当たらない。

背後でバタバタと騒がしい音がして振り返ると、犬のリードを留めておく金具にハートが繋ぎ止められていた。HAPPY BIRTHDAY!! が逃げ遅れたように暴れている。コートのポケットから取り出したスマホを光らせると、あと七分で誕生日が終わろうとしていた。

「……」

液晶を三秒間だけ見下ろしてから、私は親指の指紋をアプリのアイコンに押し付けた。

山田さんのアカウントは思った通り、削除済みだった。

意識の飛んだ私を見て我に返り、〈馬鹿女の顔面をスイーツに埋めて窒息させたい〉という固定ツイートが第三者に見つかることを恐れたか。それとも、もう二度と私と関わりたくないと思ったたか。その両方か。

山田さんのことだからきっと会社もやめて、追跡できそうな痕跡は飛び散った生クリームよりも上手く消すだろう。

あんなに欲しがっていた金でも、男を繋ぎ止めることはできなかった。

お台場海浜公園の先には東京湾が広がっているはずだった。本当に波が寄せているのか確かめようとした私は、スマホを握りしめたままテラスの手すりまで移動した。

三階にある手すりに摑まって耳を澄ませたが、風の音に掻き消されてよくわからない。目を凝らすと、揺れて光る樹木の隙間に沈み込んだ暗闇が見えた。人工の砂浜だろうか。その奥の黒みにはネオンのようにけばけばしく装飾された屋形船が浮かんでいた。対岸には灯りのついたタワマンや高層ビルがびっしりそびえたっていて、こんな時間なのに驚くほど高い位置にまで重機が鉄骨を運んでいる。ライトアップされた東京タワーに見下ろされ、レインボーブリッジの腹の中をデコトラが何台も駆け抜けている。人工的な照明に埋め尽くされ、まるでこの都市自体が発光した、巨大な映えスポットのようだった。

その輝きに引き寄せられるように私はアプリを起動させた。

夜景にレンズを向けて録画を開始すると、今この瞬間、きらきらした都市で暮らす全ての人々の息遣いが聞こえてくるような気がした。都市で暮らす全ての人々が、この薄いスマホの中に収まっていた。

これは私の自撮り《セルフィ》だ——自分が写っていないにもかかわらず、そんな強い感覚に突き動かされた私の親指はほとんど無意識にモードを配信に切り替えていた。のめり込むように撮影を続けるうち、やがて身体の感覚が徐々に薄れていき、液晶の中に自分の輪郭が溶けて混ざっていくような、私自身がこの夜景とシンクロする瞬間が、訪れた。

都市で生きる人々と、私はシンクロしていた。

全ての人々が、私自身だった。

あの対岸のタワマンの全ての住居に私が存在していた。あの首都高を走る全ての車両を私が運転していた。あの東京タワーの足元に広がる全ての場所で私が働き、あの重機を運転して私が都市の全ての高層ビルを徹夜で作り上げていた。あのけばけばしい屋形船を借り切って虚しい馬鹿騒ぎをしているのも私だった。疲れた表情の私が、傍にスマホを置きながら船の舵を取っている。スマホでは今まさに配信しているこの動画が流れていて、飽きた私が舵を取りながら見上げた空を、あの深夜便の旅客機が音を立てて横切っていった。全ての座席が私に埋め尽くされた旅客機は羽田空港から飛び立ったばかりで、機内の寒さに少しだけ身震いした私はブランケットにくるまりながら、小さな窓に額を寄せた。私は十万球の電飾にライトアップされたシーサイドテラスに立っている私を見つけた。私はスマホを握りしめて私達の姿を撮影していた。

旅客機はどんどんと高度を上げ、地上から離れていった。上空から見下ろすと、この巨大な映えスポットの中で全ての私が自意識と承認欲求を抱えながら、きらきらした自分を必死で追い求めていた。

そして、この都市自体も更なる映えを求めて、華やかなパンケーキの行列に永遠に並び続けていた。

ここから見ると、私達の自意識と承認欲求は、私達の産み出したものではないことがよくわかった。

私達の持つ自意識と承認欲求は、この発光する都市自体が抱えるものだったのだから。

吐き気がするほど、震えるほど、私達はいつもフォロワーを求めていたのだ。

この巨大な映えスポットが毎夜ベッドの上で、誰かからの承認を震えながら欲していたから。

更に高度が上がると、きらきらした場所からは私の存在すら消滅した。

あの場所の、どこにも私はいなかった。

あそこには、誰もいなかった。

眩しすぎるフォトジェニック・スポットで私達はとっくに自分を見失い、他者すらも認識できなくなっていた。私達はもう自撮りの中にしかいなくて、その自撮りの中にいる自分すら、本当は自分以外の何かなのかもしれなかった。そのことに気づいた瞬間、窓に額を付けていた私の目からは涙が静かに迸《ほとばし》っていた。

都市とシンクロした女の身体は完全に形を失い、新たな肉体を形成し始めていた。

女は名を持たなかったが、勘解由小路も、だいなごんあずきも、五百旗頭も、大右近も、ミクルも、全てが女の名だった。

いつの間にか女は、まだ目も開いていない生まれたての赤ん坊になっていた。

旅客機から宙に産み落とされたばかりの、自意識も承認欲求も知らない赤ん坊になった女は、ねとついた羊水に塗れた手足を動かし、親指を何かに押しつけるような仕草を必死に繰り返していた。

胎内から続けていたような懐かしい動きに、赤ん坊は初めて薄く目を開けた。その網膜に凄まじい風圧と地上からの光が突き刺さった。あまりの眩しさに驚いた赤ん坊はどこかにあるはずの乳房を探すようにまた親指を悶えさせた。そして肺に酸素を吸い込むと、発光する眼下に向かって思いきり声帯を震わせた。

「……ふぉろわあああああ！」

産声が、生命力と共に腹の底から爆発した。親指をうねらせながら、赤ん坊はもう一度思いきり肺に酸素を行き渡らせた。そして顔を真っ赤にして息むと、その痛みにも似た声の塊を小さな身体から何度も絞り出した。

「ふぉろわあああ！

ふぉろわあああ！

ふぉろわあああ！

ふぉろわあああ！

ふぉろわあああああああああああああ！」

赤ん坊は全身を痙攣のように強く震わせていた。もうすぐ自分が何かを手にし、その中に自分の姿を映すことを生まれる前から知っているかのように、身体を激しく震わせ、産声を上げ続けた。

初出　「新潮」２０２３年６、８、10、12月号、及び２０２４年２、５月号

装画　beco＋81

本谷 有希子　もとや・ゆきこ

1979年、石川県生れ。2000年「劇団、本谷有希子」を旗揚げ。07年『遭難、』で鶴屋南北戯曲賞を最年少で受賞。09年『幸せ最高ありがとうマジで！』で岸田國士戯曲賞を受賞。2002年より小説家としても活動。11年『ぬるい毒』で野間文芸新人賞、13年『嵐のピクニック』で大江健三郎賞、14年『自分を好きになる方法』で三島賞、16年『異類婚姻譚』で芥川賞を受賞。他の作品に、『腑抜けども、悲しみの愛を見せろ』『生きてるだけで、愛。』『静かに、ねぇ、静かに』『あなたにオススメの』などがある。

セルフィの死《し》

発行　2024年12月20日

著者　本谷有希子《もとやゆきこ》

発行者　佐藤隆信

発行所　株式会社新潮社

〒162-8711 東京都新宿区矢来町71

電話　編集部 03-3266-5411

読者係 03-3266-5111

https://www.shinchosha.co.jp

装幀　新潮社装幀室

印刷所　大日本印刷株式会社

製本所　大口製本印刷株式会社

乱丁・落丁本は、ご面倒ですが小社読者係宛お送り下さい。
送料小社負担にてお取替えいたします。
価格はカバーに表示してあります。

ISBN978-4-10-301775-2　C0093